KB115619

띠별로 보는 남녀 궁합

띠별로 보는
남녀 궁합

정현우 지음

明文堂

차례

태어난 달(月)에 따라 나누어지는 12개의 띠(십이지지)

십이지지(十二地支)의 명칭과 탄생월, 그리고 성격적인 특징은 다음과 같다.

◑ 3월 용띠(辰月)생

3월 21일부터 4월 20일 사이에 태어난 사람이다. 사성(四性), 즉 화성(火性), 지성(地性), 풍성(風性), 수성(水性) 가운데 화성성좌(火性星座)에 해당한다. 열(熱)과 건조(乾燥)를 가져다주는 화성(火星)에게 수호받고 있다. 이 성좌궁 태생인 사람은 커다란 뿔을 휘두르면서 날뛰는 숫양처럼 어떤 난관도 극복해 나가는 개척자 정신과 투쟁심, 그러면서도 강인함을 가지고 약한 자를 돕는 의협심 등을 받고 태어난다.

항상 전진만이 있을 뿐인 이 성좌궁 태생의 사람은 여성인 경우에도 어수룩한 말 따위는 하지를 않는다. 핑계대기도 싫어한다. 남에게서 명령을 받고 따르기보다 자신이 보스의 자리에 오르기를 열망하는, 즉 자아의식이 강한 사람이기도 하며, 그만큼 기획력과 조직력에 뛰어나고 실천력도 발군이다.

공명정대하며 정의감이 너무 강한 나머지 손윗사람과 다투기 쉽고 사물에 대한 선악(善惡)·흑백(黑白)을 분명하게 매듭짓지 않으면 직성이 안 풀리는 성질이 독단으로 흐르는 결점을 자아내기도 한다.

◑ *4월* 뱀띠(巳月)생

4월 21부터 5월 21일 사이에 태어난 사람이다. 오행 중 화성성좌(火性星座)에 해당한다. 미(美)와 사랑으로 상징되는 금성(金星)이 수호하고 있다. 평화스럽고 여유작작한 우아함을 언제나 좋아한다. 정리정돈을 잘하고 여성의 경우 화장술과 칼라의 선택에 뛰어나다.

상대가 어지럽히는 것을 싫어한다. 그리고 변화를 좋아한다. 변덕이 심하다. 예술적 감각탓에 디자인 분야도 유망하다. 연애감정에 빠지면 열정적이다.

◑ 5월 말띠(午月)생

5월 22일부터 6월 21일 사이에 태어난 사람이다. 오행 중 화와 토에 해당한다. 수호성(守護星)은 지능과 변설(辯舌)을 관장하는 화성(火星)이다. 따라서 박식하고 다문(多聞)하여, 정치문제로부터 스타들의 스캔들에 이르기까지 모든 정보를 신속하게 캐치한다든가 핫뉴스를 사람들에게 흘리기를 좋아하는 사람이다.

그러나 구설수에 올라 시비나 싸움에 빠질 우려가 가끔 있다. 항상 언어표현에 신중해야 한다. 말로 벌어먹고 사는 직업도 적성에 맞는다.

◑ 6월 양띠(未月)생

6월 22일부터 7월 23일 사이에 태어난 사람이다. 오행 중 토성성좌(土性星座)에 속한다. 음토 수호성이므로 감수성이 강하고 감정의 기복이 심한 사람이 된다. 그러나 그만큼 정서가 풍부한 인정 넘치는 사람이기도 하다. 열심히 생활에 충실하면서도 의외의 돌출행동을 할 때가 있다. 예를 들면 돈키호테 같은 데가 있다. 양면성이 심하다.

◑ 7월 원숭이띠(申月)생

7월 24일부터 8월 23일 사이에 태어난 사람이다. 오행 중 금성성좌(**金性星座**)에 속한다. 생명력을 낳는 태양에게 수호되고 있다. 성격은 양증이고 관대하며, 독립심과 향상심을 남보다 더 지니고 있는데 어떤 부탁을 받으면 거절을 못하는 호인이므로 다른 사람들의 신뢰를 받는다.

가끔 고독감에 빠지거나 우울증도 있다. 그러나 독선적인 성격탓에 직언하면 충고를 하거나 솔직한 말을 하는 사람 등 유익한 사람들은 멀리하는 경향이 있는데 이 점 주의해야겠다. 또 오만하다는 충고쯤은 잘 받아들이도록 하여야 한다.

◑ 8월 닭띠(酉月)생

8월 24일부터 9월 23일 사이에 태어난 사람이다. 오행 중 금성성좌(**金性星座**)에 해당한다. 지능을 지배하는 금성이 수호신이다. 경우가 밝고 책임감이 강하여 정도가 지나쳐 제멋대로 날뛰는 자라는 비난을 받는 원인을 만들어내기도 한다. 보스보다 충실한 보좌역에 적합하다.

◑ *9월* 개띠(戌月)생

9월 24일부터 10월 23일 사이에 태어난 사람으로서 오행 중 토성성좌(**土性星座**)에 속한다. 미(**美**)와 조화를 상징하는 토성(**土星**)이 수호성이다. 예의바르고 우아한 언행을 하는데 오른쪽으로나 왼쪽으로나 치우지지 않는다. 특히 학문과 신앙에 관심이 높고 사색과 명상을 좋아한다. 항상 도덕군자를 자처하기도 하고 자기주장의 고집도 대단하다.

그러나 이타심이 많은 반면 일하기보다는 아름답게 꾸미고 게으름피기를 좋아한다. 지성(**知性**)을 존중하고 아는 체 하기는 하지만 사교장(**社交場**)이라든가 논의(**論議**)의 중재조정역으로 없어서는 안되고 사람이다.

◑ *10월* 쥐띠(子月)생

10월 24일부터 11월 22일 사이에 태어난 사람이다. 오행 가운데 수성성좌(**水性星座**)에 속한다. 수호성은 플루토륨의 폭발성과 통찰력을 비장하고 있는 음수성(**陰水星**)이다. 이 성좌의 사람은 음험한 침묵과 수호성의 탐구성을 모두 지니고 있다. 강렬한 투쟁심과 시의심, 그리고 애정과 증오 등 양면의 정념(情念)이 보통 사람들보다 훨씬 강한데 정력적인 인내력과 지구력이 그런 점들을 속으로 감추고 겉으로 드러내지 않는 것이리라.

말수가 적고 스스로 마음의 문을 열려고 하지 않는데 한번 마음을 허락한 상대에게는 실로 다변(多辯)이 된다. 사랑하는 사람에게는 성실하게 대하지만, 완고하고 인정미가 있는 반면 강렬한 질투심과 집념이 강하기 때문에 스스로 만든 책모(策謀)에 빠져드는 위험성도 지니고 있다.

◑ 11월 돼지띠(亥月)생

11월 23일부터 12월 22일 사이에 태어난 사람으로서 오행 중 토성성좌(土性星座)에 해당한다. 수호성은 자유와 탐구를 관장하는 토성(土星)이다. 우정이 돈독하고 낙천적인 성격이다. 언제나 어떤 목적을 향하여 열중하지 않으면 만족하지 않는다. 열정적이고 모험하기를 좋아한다.

스포츠라든가 도박에 열중하는가 하면 심원한 학문이라든가 종교에 마음을 기울인다. 음악을 사랑하고 여행하기를 좋아한다. 아주 대담한 반면 소심한 생각이 그것을 대신하기도 하고 교제 범위가 넓은데도 고독을 좋아하는 등의 양면성을 지니고 있다. 항상 스릴과 스피드를 구하며 속박당하기를 싫어하기 때문에, 집을 나가면 어디서 무엇을 하고 있는지 언제 돌아올 것인지 전혀 알 수가 없다.

◑ 12월 소띠(丑月)생

12월 23일부터 1월 20일 사이에 태어난 사람이다. 오행 중 목성성좌(木性星座)에 속한다. 억제와 인종(忍從)의 별인 목성(木星)에 수호받고 있으므로 조심성이 많고 신중하다. 견실하게 벽돌장을 하나하나 쌓아나가는 성격으로서 한 걸음 한 걸음 목표를 향하여 노력해 나간다.

실질적으로 합리주의에 철두철미하기 때문에 모든 일에 있어 시간 낭비, 물질 낭비 등을 싫어하며 지엽말단적인 것들은 모두 잘라 버리고 근본적 요점만을 쌓으려고 한다. 긍지가 아주 높고 우두머리가 될 운도 있으므로 사람들 위에서서 일할 수 있는 타입이다. 자기자신을 다스리는 데 엄격하기 때문에 남을 다스리는 데도 엄격하여 주변 사람들에게 따돌림을 받아 고독

속에 빠지기 쉽다. 탐욕과 이기심에도 주의할 필요가 있다.

◑ 1월 범띠(寅月)생

1월 21일부터 2월 19일 사이에 태어난 사람이다. 오행 가운데 목성성좌(木性星座)에 해당한다. 개혁과 이상(異常)을 관장하는 목성(木星)이 수호성이다. 창조력과 독창성이 풍부한 박애정신(博愛精神)의 소유자가 된다. 이상가(理想家)로서 자기와 같은 생각을 가진 사람들과 함께 예술이나 학문을 즐기게 될 것이다.

유흥과 잡기도 좋아하고 향상심과 경쟁심이 강하여 성공의 기회가 많다. 그러나 주의력이 부족하여 실패의 확률도 높다. 조급한 탓에 마무리가 부족한 편이다.

◑ 2월 토끼띠(卯月)생

2월 20일부터 3월 20일 사이에 태어난 사람이다. 오행 중 목성성좌(木性星座)에 속한다. 수호성은 희생적인 동정심이라든가 불가시(不可視)의 사상(事象)을 감득(感得)하는 직감력을 지배하는 해왕성(海王星)이다. 그 영향으로 이 성좌궁인 사람은 직감력이 뛰어나고 대단한 영적(靈的) 체험이 많아지는 듯하다. 또 리듬 감각의 예민성이라든가 예술성이 되어 나타나며 여행과 방랑을 하고 싶다는 마음으로 이어지는 수도 있다.

깊은 동정심과 우주함이, 자기 희생이라든가 바다처럼 넓은 포용력이 되어 나타나는 반면, 상대방을 깊이 동정하려는 마음이 '노(no)' 라고 분명히 잘라 말하지 못하는 심약(心弱)한 사람으로 만들고 만다. 주위의 선악(善惡) 중 어느 것에도 영향을 받아 물들기 쉬우며 자신에 대한 엄격함의 부족으로 부도덕한 사건에 말려드는 일도 있을 것이다. 터무니없는 환상의 세계에 빠져드는 일이 있는가 하면 세상 살아가는 데 빈틈이 없는 면을 보여주기도 한다. 승벽(勝癖)이 강한 반면 눈물이 흔한 면도 가지고 있다. 무슨 일에나 흥미를 갖기 때문에 남들에게서 변덕스럽다는 평을 받기도 한다.

이상으로 12성좌궁의 설명을 끝냈는데 이 가운데 수성(水性)·금성(金性)·화성(火性)·목성(木性) 등의 명칭에 대한 설명을 부연해야겠다.

12지지는 반드시 이 네 가지의 성질 중 어느 것에 속해 있으며 같은 성질끼리의 지지는 아주 사이가 좋은 커플로 일컬어지고 있다.

① 수성(水性) : 용띠달 · 원숭이달 · 쥐띠달

열정적으로서 인생에 있어 그 목적 의식을 가지고 있다. 용감하고 정력적이며 관대함과 열광성, 희망과 행동력을 지니고 있다. 정이 많아서 열렬히 사랑할 수 있으며 영웅적인 것을 좋아한다.

② 금성(金性) : 뱀띠달 · 닭띠달 · 소띠달

실제적인 문제라든가 견실한 인생을 사랑한다. 인내력이 강하여 차근차근 일을 하는데 노력과 착실성에 의한 진실로 성공을 거두는 타입이다. 기브 앤드 테이크의 합리적 정신의 소유자이기도 하다.

③ 화성(火性) : 말띠달 · 개띠달 · 범띠달

감각적이어서 예술이라든가 과학의 지식을 사랑한다. 논리성이 발달해 있으며 이상주의자(理

想主義者)이다. 지성적인 것을 좋아하고 즉물적(卽物的)인 것을 경멸하기 쉽다.

④ 목성(木性) : 양띠달·돼지띠달·토끼띠달

본능적이고 민감하기 때문에 주변의 영향이나 감화(感化)를 받기 쉽고 인생에 대한 자기 인식이라든가 신념을 잃기 십상이다. 변화하기 쉽고 행동적인데 그것은 직감이나 충동에 의하여 좌우되기 쉽고 또 이론보다 감정에 의해 움직이기 쉬운 듯하다.

태어난 해(年)에 따라 나누어지는 12개의 띠(십이지지)

십이지지(十二地支)의 명칭과 그 성격적인 특징은 다음과 같다.

◑ 용 띠(辰年生)

오행삼합(五行三合) 상 수성(水性)에 해당한다. 개척자 정신과 투쟁심, 그러면서도 강인함을 가지고 약한 자를 돕는 의협심을 지니고 태어난다.

항상 전진만이 있을 뿐인 이 수성의 사람은 여성인 경우에도 어수룩한 말 따위는 하지를 않는다. 핑계를 대기도 싫어한다. 남에게서 명령을 받고 따르기보다 자신이 보스의 자리에 오르기를 열망하는, 즉 자아의식이 강한 사람이기도 하며 그만큼 기획력과 조직력에 뛰어나고 실천력도 발군이다.

공명정대하며 정의감이 너무 강한 나머지 손윗사람과 다투기 쉽고 사물에 대한 선악(善惡)·

흑백(黑白)을 분명하게 매듭짓지 않으면 직성이 안 풀리는 성질이 독단으로 흐르는 결점을 자아내기도 한다.

◑ 뱀 띠(巳年生)

오행삼합 상 금성(金性)에 해당한다. 성격이 평화스럽고 여유작작하며 무엇보다도 우아함을 언제나 간직하고 있다. 스스로 중뿔나게 나서지 아니하지만 애교가 있으며 내성적인 사교가(社交家)라고 할 수 있다. 인내심이 강하며 신중한 까닭에 의사결정을 하는 데는 상당한 시간이 걸리는네, 일단 결심을 하면 웬만한 일에는 주저하지 않는다. 단, 금전이라든가 물질, 인간에 대한 집착심이 강하기 때문에 실패할 위험성이 있다.

◑ 말 띠(午年生)

오행삼합 상 화성(火性)에 해당한다. 변설에 뛰어나며 박식하고 다문(多聞)하여 정치·경제 문제 등으로부터 이른바 스타들의 스캔들에 이르기까지 모든 정보를 신속하게 입수한다든가 핫뉴스를 사람들에게 흘리기를 아주 좋아하는 사람이다. 정신없이 돌아가는 변화 속에서 바쁜 업무를 처리하는 때일수록 생생하게 활동적인 태도를 취하는데 신경질적이어서 흥분하기 쉬우며 재능이 지나쳐서 많이 알기는 하되 깊게 알지는 못하는 경향이 있다.

이 띠의 사람은 어떤 일에 열중하면서도 한편으로는 깨달음을 얻는 안목을 가지며, 친절한 반면 냉소(冷笑)를 보내는 양면성을 보이는 특징이 있다. 한눈 팔기를 잘하고 끈기가 부족되는 점과 책임을 회피하기 잘하는 결점을 지니고 있다.

◑ 양 띠(未年生)

오행삼합 상 목성(木性)에 해당한다. 감수성이 강하고 감정의 기복이 심한 사람으로 성장하기 일쑤이다. 그 반면 정서가 풍부한 사람이며 인정미가 넘치는 사람이기도 하다. 남보다 열심히 일하는 근면가로서 경제관념이 발달한 사람이 많은 것도 특징이다. 프라이버시를 소중히 하며 가족과 혈연자(血緣者)를 소중히 한다.

그러나 가족의 평화를 우선적으로 생각하기

때문에 배타적이 되기가 쉽고 호불호(好不好)가 너무 뚜렷하기 때문에 그룹이라든가 파벌을 만들어 소단위로 뭉치기 쉽다. 변명을 싫어하는 반면 기억력이 뛰어나며 아이디어의 천재이기도 하다.

◑ 원숭이띠(申年生)

오행삼합 상 수성(水性)에 해당한다. 성격은 양증이어서 관대하며, 독립심과 향상심을 남보다 훨씬 많이 지니고 있다. 그런데 어떤 부탁을 받으면 거절을 못하는 호인(好人)이므로 다른 사람들의 일에 발벗고 나설 것이나. 반면 머리를 숙인다든가 남에게 호감을 사기 위한 말을 하지 못한다. 공명정대하고 당당한 면을 지니고 있다.

언제나 튀기를 좋아하며 과장된 언행을 하는 수가 많고, 여러 직함을 가지기 좋아하는 면도 있다. 구두쇠라든가 협량(狹量)한 사람을 싫어하며, 거만 떨기를 좋아하는데 추종 잘하는 자들과 기가 약한 자들을 자기 주변에 모아놓는가 하면 충고를 하거나 솔직한 말을 하는 등, 유익한 사람들은 멀리 하는 경향이 있는데 이런 점에 주의를 해야 한다. 또 오만하다는 충고쯤은 잘 받아들이도록 하여야 한다.

◑ 닭 띠(酉年生)

오행삼합 상 금성(金性)에 해당한다. 성격은 아주 섬세하며 지적으로 치밀한 신경을 지니고 있다. 관찰안(觀察眼)과 분석능력이 날카롭고 세세한 점에까지 신경을 쓰는 반면 말초적(末梢的)인 흠까지 들춰내다가 근본 파악을 제대로 하지 못하는 면도 있다.

또 예리한 비판과 쓸데 없는 호기심 때문에 안해도 좋을 말을 한 마디 던짐으로써 싸움의 단서가 되며, 냉담하고 제멋대로 날뛰는 자라는 비난을 받는 원인을 만들어 내기도 한다. 보스보다는 보스를 보좌하는 역할에 적합하다 하겠다.

◑ 개 띠(戌年生)

오행삼합 상 화성(火性)에 해당한다. 예의가 바르고 우아한 성격과 언동을 하는데 오른쪽으로도 왼쪽으로도 치우치지 않는 중용(中庸)의 의견과 조화를 이루는 완전한 미(美)를 좋아한다. 공평하고 빈틈이 없으며 누구하고도 친숙해지는 반면, 소소한 결점을 발견하거나 이것 저것 모두 아는 체하는 자칭 팔방미인에게는 금방 혐오감을 느끼는 완전주의자이자 냉혹한 면도 지니고 있다.

양자택일을 하라고 몰아치면 심히 당황하는 면이 있다. 이마에 땀을 흘리며 일을 하기보다는 아름답게 꾸미면서 게으름피기를 좋아한다. 지성(知性)을 좋아하고 난 체 하기는 하지만 사교장(社交場)이라든가 논의장(論議場)에서의 중재·조정역으로 없어서는 안되는 성질의 사람이다.

◑ 돼지띠(亥年生)

오행삼합 상 목성(木性)에 해당한다. 이 띠의 사람은 음험한 침묵을 지니고 있는 반면 탐구성도 지니고 있다. 그런가 하면 강렬한 투쟁심과 시의심, 그리고 애정과 증오 등 양면의 정념(情念)이 보통 사람들보다 훨씬 강한데 정력적인 인내력과 지구력이 그런 점들을 속으로 감추고 드러내지 않는 것이리라.

말수가 적고 스스로 마음의 문을 열려고 하지 않는데 한번 마음을 허락한 상대에게는 실로 다변(多辯)이 된다. 사랑하는 사람에게는 성실하게 대하지만 완고하고, 인정미가 있는 반면 강렬한 질투심과 집념이 강하기 때문에 스스로 만든 책모(策謀)에 빠져들 위험성도 지니고 있다.

◑ 쥐 띠(子年生)

오행삼합 상 수성(水性)에 해당한다. 우정이 돈독하고 낙천적인 성격이다. 언제나 어떤 목적을 향하여 열중하지 않으면 만족하지 않는다. 열정적이고 모험하기를 좋아한다.

스포츠라든가 도박에 열중하는가 하면 심원한 학문이나 종교에 마음을 기울인다. 음악을 사랑하고 여행하기를 좋아한다. 아주 대담한 반면 소심한 생각이 그것을 대신하기도 하고 교제 범위가 넓은데도 고독을 좋아하는 등의 양면성을 지니고 있다. 항상 스릴과 스피드를 구하며 속박당하기를 싫어하기 때문에, 집을 나가면 어디서 무엇을 하고 있는지, 언제 돌아올 것인지 전혀 알 수가 없다.

◑ 소 띠(丑年生)

오행삼합 상 금성(金性)에 해당한다. 성격은 조심성이 많고 신중하다. 견실하게 벽돌장을 하나하나 쌓아나가는 성질이며 한 걸음 한 걸음씩 오로지 목표를 향해 나간다.

실질적으로 합리주의에 철두철미하기 때문에 모든 일에 있어 시간 낭비, 물질 낭비 등을 싫어하며 지엽말단적인 것들은 모두 잘라 버리고 근본적 요점만을 잡으려고 한다. 긍지가 아주 높고 우두머리가 될 운(運)도 있으므로 사람들 위에 서서 일할 수 있는 타입이다. 자기 자신을 다스리는데 엄격하기 때문에 남을 다스리는 데도 엄격하여 사람들에게 따돌림을 받아 고독 속에 빠지기 십상이다. 탐욕과 이기심을 주의할 필요가 있다.

◑ 범 띠(寅年生)

오행삼합 상으로 볼 때 화성(火性)에 해당한다. 창조력과 독창성이 풍부한 박애정신(博愛精神)의 소유자가 된다. 이상가(理想家)로서 자기와 같은 생각을 가진 사람들과 함께 예술이나 학문을 즐기게 될 것이다.

감정에 치우치지 않고 논리적인 사고(思考)를 한다. 가족보다 인류를, 가정보다 지구(地球)를 생각하는 국제적 감각, 나아가서는 우주적 감각을 지니고 있다. 그러한 성격은 한편으로 자기의 이상(理想)에 고집하고 현실을 망각한 편협이라든가, 완고한 독선을 드러내기 쉬우며 그래서 반사회적인 이단아가 될 위험성도 있는 듯하다. 혹은 때로 허풍을 떠는 경향도 있다.

◑ 토끼띠(卯年生)

오행삼합 상으로는 목성(木性)에 해당한다. 성격은 직감력이 뛰어나고 아주 높은 영적(靈的) 체험이 많아지는 듯하다. 또 리듬 감각의 예민성이라든가 예술성이 나타나기도 하는데 그것이 여행과 방랑을 하고 싶다는 마음으로 이어지는 수도 있다.

깊은 동정심과 우주함이, 자기희생이라든가 바다처럼 넓은 포용력이 되어 나타나는 반면, 상대방을 깊이 동정하려는 마음이 '노(no)' 라고 분명히 잘라 말하지 못하는 심약(心弱)한 사람으로 만들고 만다. 주위의 선악(善惡) 중 어느 것에도 영향을 받아 물들기 쉬우며 자신에 대한 엄격함의 부족으로 부도덕한 사건에 말려드는 일도 있을 것이다. 터무니없는 환상의 세계에 빠져드는 일이 있는가 하면 세상 살아가는 데 빈틈이 없는 면을 보여 주기도 한다. 승벽(勝癖)이 강한 반면 눈물이 흔한 면도 가지고 있다. 무슨 일에나 흥미를 갖기 때문에 남들에게서 변덕스럽다는 평을 받기도 한다.

이상으로 열두 띠의 설명을 끝냈는데 이 가운데 수성(水性)·금성(金性)·화성(火性)·목성(木性) 등의 오행삼합에 대한 설명을 부연해야겠다. 열두 띠, 즉 12지지는 이 네 가지의 성질 중 어느 것인가에 반드시 속해 있으며 같은 성질끼리의 지지는 아주 사이가 좋은 커플로 일컬어지고 있다.

①수성(水性) : 용띠(辰年生), 원숭이띠(申年生), 쥐띠(子年生)

열정적으로서 인생에 있어 그 목적의식을 가지고 있다. 용감하고 정력적이며 관대함과 열광성, 희망과 행동력을 지니고 있다. 정이 많아서 열렬하게 사랑을 할 수가 있으며 영웅적인 것을 좋아한다.

② 금성(金性) : 뱀띠(巳年生), 닭띠(酉年生),
소띠(丑年生)

실제적인 문제라든가 견실한 인생을 사랑한다. 인내력이 강하며 차근차근 일을 하는데 노력과 착실성에 의한 진보로 성공을 거두는 타입이다. 기브 앤드 테이크의 합리적 정신의 소유자이기도 하다.

③ 화성(火性) : 말띠(午年生), 개띠(戌年生),
범띠(寅年生)

감각적이어서 예술이라든가 과학의 지식을 사랑한다. 논리성이 발달해 있으며 이상주의자(理想主義者)이기도 하다. 지성적인 것을 좋아하고 즉물적(卽物的)인 것을 경멸하기 쉽다.

④ 목성(木性) : 양띠(未年生), 돼지띠(亥年生),
토끼띠(卯年生)

본능적이고 민감하기 때문에 주변의 영향이나 감화(感化)를 받기 쉽고, 인생에 대한 자기 인식이라든가 신념을 잃기 십상이다. 변화하기 쉽고 행동적인데, 그것은 직감이나 충동에 의하여 좌우되기 쉬우며 또 이론보다 감정에 의해서 움직이기 쉬운 것 같다.

남성과 여성의 상성

용띠의 남성과
용띠의 여성

♡

강한 독립심과 용기와 향상심의 소유자인 이 커플은 인생에 있어 공통적인 이상(理想)과 목적을 찾아낼 때 상호 그 이상 없을 만큼, 하는 일에 대하여 좋은 이해자가 되고 협력자가 된다.

두 사람이 사랑에 빠지면 외곬으로 정열을 쏟기 때문에 주위의 일에 대해서는 신경을 쓰지 않으며 모든 것을 다 팽개친 채 상대방 품으로 과감히 뛰어들게 될 것이다.

업무의 콤비라면 좋은 라이벌 관계가 되어 직무(職務)에 충실하되, 성(性)을 초월하여 멋진 우정을 키워나가게 될 것이고—.

단, 용띠인 이 두 사람을 공통적인 목적을 이루어나가기 위해서는 남에게 상처를 주거나 남을 슬프게 만들어도 개의치 않을 정도이며, 또 신경을 쓰지도 아니한다. 어쨌든 정서가 부족되는 처지이니 정을 기르고 주위에 인정을 베푸는 인물이 되도록 마음을 써야 한다.

그처럼 강인한 용띠들이기에 서로가 공적(公的)인 인간관계 속에서는 특히 쌍두(双頭)의 독수리가 되어 분열 소동을 일으키기 쉽다. 의견에 엇갈림이 생기는 때는 용띠의 여성이 한 호흡 쉬어가면서 상대방에게 생각할 여유를 가지게 하도록 배려해줄 필요가 있다.

용띠의 남성과 뱀띠의 여성

♡

좋은 면도 있지만 그만큼 나쁜 면도 있다. 굳이 말한다면 '가불가(可不可)' 란 커플이다.

공격 일변도인 용띠의 남성과 수비 전문인 뱀띠의 여성은 야구(野球)의 투수와 포수가 역할 분담을 하여 던지고 받는다는 의미에서는 바람직하겠지만 자석(磁石)의 플러스와 마이너스와 같이 강력하게 끌어당기는 일은 없다.

여성은 남성의 성급함을 태연하게 받아들여 주지만 남성의 활활 타오르는 열정적인 화제(話題)에 템포를 맞춰주지 못하므로 상대방은 모자라는 여성이란 느낌을 받게 될 것이다. 이윽고 교제가 깊어지면 여성의 유화(柔和)함 뒤에 감춰진 강인성이 남성을 당황하게 만든다.

결혼을 하면 오래 지속되기는 하지만 지루한 나날이 될 것이다. 남편은 금전 감각이 둔하여 마구 지출하는 까닭에 아내는 바가지를 긁어댄다. 그러나 남편은 참고 있지만은 않는다. 이런 일로 남편의 성급함과 바람기가 나오기 시작한다. 남편의 저돌 맹진적인 성격으로 한때는 그 바람기가 사실이 되며, 다른 여성과 살림을 차릴까 하는 위험 수위에까지 오르게 된다.

용띠의 남성과 말띠의 여성

♡

한결같이 부딪쳐 오는 남성의 열정에 빠져드는 것조차 모르는 이 말띠의 여성은 마침내 넘어가고 말 것이다.

한편 말띠 여성의, 기지에 넘치는 대화와 세련된 지성이 발산하는 색기(色氣)는, 단순한 용띠의 남성을 붙잡아 놓게 될 것이리라. 포옹에 황홀감을 느끼면서, 지금 취하고 있는 자신의 포즈가 아름다울지 어떨지 등을 생각하는 여성의 이중성(二重性)에, 사나이는 어리둥절하며 진짜로 자신을 사랑하는 것이라고 믿고, 이런 여성을 잃게 되지나 않을까 하여 초조해 하는데, 이것이 또 사랑을 점점 불태우는 것이다.

결혼을 한 다음에는 자신이 좋아하는 여성을 아내로 맞아들였다는 안심감에서인지 남성은 금방 폭군으로 변신하는 경향이 있다.

사교성이 짙은 말띠의 아내도 가사(家事)보다는 PTA(사친회)라든가 이웃에 사는 부인네들과 이야기 나누기에 바쁜 나날을 보낸다.

성생활은 단순하고 폭군적인 남편에 비하여 아내는 갖가지 기교와 무드를 소중히 하기 때문에 아내 쪽이 불만을 품기 쉬워진다. 특히 아내가 성애(性愛)에 관하여 과장해서 쓴 잡지 등을 읽으면 이런 경향이 강해져서 이전에 놀아나던 때의 본질을 드러내고 불륜의 드라마를 연출해 나가는 수도 있다.

말띠의 아내를 맞은 남편은 사랑의 기교를 많이 습득할 필요가 있다 하겠다.

용띠의 남성과 양띠의 여성

♡

그다지 좋은 상성이라고는 말할 수 없다. 수예(手藝)와 요리 만들기를 좋아하는 전형적인 여성과, 사나이 중의 사나이가 만난 사이로서 이상적인 커플이라고 생각하기 쉽지만 실은 그 반대이다.

용띠의 인정미 없는 남성은, 우아한 정감(情感)의 교제를 소중히 하는 양띠 여성으로서는 참아내기 힘들 정도이다. 또 양띠의 이성(理性)보다 감정이 앞서는 히스테리적 증상은 용띠로서도 견디어 내기 힘들다.

그런데다가 용띠의 남성은, 가정이란 곳은 밥을 먹고 잠을 자는 곳에 불과하다고 생각하는데 비하여, 양띠의 여성은 가정의 단란함을 무엇보다도 중시한다.

만약 이 커플이 결혼을 한 경우에는 황혼이

물들 무렵 강가를 거닐면서 고상하고 우아한 사랑의 언어를 속삭여주는, 그런 로맨틱한 사랑을 기대하는 아내는, 멋쩍어 하며 일부러 조포(粗暴)하고 차갑게 구는 남편에게 불만을 품게 되어 나긋나긋해지는 일이 없을 것이다.

이런 경향은 성생활에서도 나타난다. 성행위 그 자체보다도 정감을 즐기는 양띠에 대하여 용띠의 사나이는 돌발적으로 흥분하고, 단도직입적으로 목적만을 수행한 다음 쿨쿨 자버린다. 이것은 성적(性的) 불일치라기보다도 정서의 불일치라고 해야 할 것 같다.

하는 업무가 생애의 전부라고 생각하는 남편은 아내가 차분하게 이해코자 하지 않는 한 두 사람의 관계는 어렵기만 할 것이다.

용띠의 남성과
원숭이띠의 여성

♡

모두가 정열가인 두 사람은 화려한 생활 속에서 최고의 행복을 찾아내고 영위할 것이다.

용띠의 남성이 원숭이띠의 여성과 데이트를 할 때는 은밀하게 돈을 잔뜩 가지고 나가지 않으면 안된다. 호화로운 클럽, 그리고 호텔도 일류여야만 두 사람은 성에 찬다.

결혼을 하더라도 여성은 남편으로부터 '결혼한 다음 자기가 늙어지는 게 아닐까.' 라는 말을 듣지 않기 위하여 화장법에 열중하게 된다. 결혼기념일과 생일에는 반드시 선물을 교환하며 일상생활을 엔조이하는 데 마음쓰게 될 것이다.

그러므로 남성의 수입이 적으면 금방 차가운 관계로 빠져들게 된다.

용띠 남성과 원숭이띠 여성의 섹스는 한 순간 불꽃이 튀는 순발형(瞬發型)이다. 곤란한 것은 용띠의 남성에게는 조루증이 많아서 아내를 정열적으로 그 정점(頂點)에까지 올라가게 하지 못하여 욕구불만을 남기게 한다는 것이다.

아무리 괄괄한 정열적 여성이라 하더라도 침대 속에서는 여성답게 부드러운 태도를 취할 필요가 있다. 비록 상대가 온순하더라도 따라가야 하는 입장에 있는 것이 여성인 것이다. 어느 쪽에서든 주도권을 일방적으로 잡고자 하면 잘 안 될 것이니 말이다.

행위에 들어가기 전에는 아내로부터 애무를 받지 않도록 하고, 지속력을 조금이라도 더 끌어나가는 연구가 남성에게 꼭 필요하다.

용띠의 남성과 닭띠의 여성

♡

이 커플에는 마음이 서로 통하지 않게 될 염려가 있다. '여자는 남편의 말에 따르면 돼' 라고 생각하는 용띠와 사소한 일에도 하나하나 신경을 곤두세우는 닭띠가 만난 사이이기 때문이다.

"오늘은 몇 시에 들어오시지요?" "손수건을 넣으셨어요?" "넥타이가 비뚤어졌네요." 등등 하나하나 아내가 참견을 하면 "시끄러워! 잔소리 좀 그만해!" 라며 버럭 화를 낸다. 하는 일에 정열을 쏟는 용띠의 남성에게는 아내의 보살핌이 오히려 귀찮기만 한 것이다.

신중하게 하면서도 견실한 생활설계를 영위하고자 하는 아내에게 있어, 귀찮아하는 남편이 더러워진 내복이라든가 양말 따위를 이곳 저곳에 벗어놓는 것을 보면 참견을 더더욱 하고 싶어질 것이다.

섹스는 언제까지나 처녀처럼 부끄러움을 잃지 아니하는 아내에게서 남편은 매력을 느낀다. 하지만 조그만 꽃을 살짝 꺾는 것과 같은 애무를 받고 싶어하는 아내이건만 남편의 행위는 거칠기 짝이 없다.

결혼생활을 원만하게 해나가기 위해서는 아내 쪽에서는 시끄러운 잔소리를 삼가하도록 하고, 커다란 아기를 안고 있다는 기분으로 남편이 하는 대로 내버려 두어야 한다.

용띠의 남성과 개띠의 여성

♡

동성(同性)끼리라면 다소 나쁜 상성이지만 이성 사이에는 약간 끌어당기는 사이이다.

남성의 12지지 중 가장 남성다운 용띠와 여성의 무기(武器)를 모두 몸에 갖춘 개띠가 만난 커플인 만큼 매력있는 사이가 된다.

아무리 사랑하더라도 자기 쪽에서는 절대로 능동적 행동을 취하지 않는 개띠의 여성은 용띠 남성의 정열에 맡기는 등 비교적 약함을 보인다.

데이트를 하더라도 자신있게 리드해 주는 상대방에게 개띠의 여성은 평온함을 느끼게 될 것이다. 한편 용띠의 남성도 자기에게 모든 것을 맡긴 여성의 태도에, 마치 귀부인을 대하는 기사(騎士)와 같은 감격과 책임을 느낀다.

이런 경향은 성생활에서 점점 더 두드러진다.

용띠의 강인함이라든가 자기 멋대로 요구하는 방법이라든가, 조포한 행동이 도리어 마조히즘인 개띠의 여성을 자극하여 쾌감의 절정에 오르도록 한다. 남편의 요구에 따라 어떤 자세를 취하든 상관치 않는다.

그러한 아내의 태도가 이번에는 용띠의 사디스틱한 기호(嗜好)를 자극하여 두 사람의 쾌락은 말로 형언할 수 없을 정도가 될 것이다. 따라서 섹스면에서도 최고의 커플이라고 할 수 있다. 단, 정신면에서의 폭군 자세는 파국을 낳게 할 케이스가 많으니 주의해야 한다.

용띠의 남성과 돼지띠의 여성

♡

양성(陽性)의 강함과 음성(陰性)의 강함이 서로 부딪쳐서 상호 반발심이 강하게 된다. 사소한 말 한 마디가 불티가 되어 일어난 언쟁도, 서로 고집을 부리는 까닭에 가라앉지 않고 스스로 먼저 머리 숙이기를 싫어한다.

더욱 나쁜 것은 서로 끌어당기는 힘이 없어서 두 사람 사이는 냉각되어 갈 뿐이다. 남성은 자기 일에 몰입하든가 좋아하는 여자 친구를 찾아가서 기분 전환을 하게 될 것이다. 돼지띠의 여성은 언제까지나 남편에 대한 원한을 품고 있는 집념을 보일 것이고—.

이런 두 사람이 결혼을 하면 가정은 부부싸움의 도가니가 되고 만다. 눌변가인 두 사람이기에 남편은 완력으로 나올 것이고 아내는 교묘한 전술을 들고 나오기 때문에 가정은 음험한 공기에 싸여 있을 수밖에 없다.

성생활에서도 불일치는 피할 수 없게 된다. 강렬한 성적(性的) 욕구가 깊은 정감까지 지니고 있는 아내는 농후한 애무를 끊임없이 요구한다. 이에 비하여 용띠의 남편은 그 욕망이 단조롭고 돌발적이어서 전희(前戱)라든가 후희(後戱)에 시간을 쓰고자 하지 않는다.

두 사람이 불화하게 되는 최대의 원인은 용띠인 남편의 무뚝뚝함과 돼지띠 아내의 강한 질투심이다. 이 점에 충분한 주의를 할 필요가 있다.

용띠의 남성과 쥐띠의 여성

♡

우연히 만나기만 하면 가만있더라도 서로 끌어당기게 되는 두 사람이다.

쥐띠의 여성은 일벌레처럼 살아가는 용띠의 남성이 한없이 좋아보이며 사나이다운 생활방식에 공감을 느끼게 된다.

결혼을 하더라도 아주 순조로워진다. 쥐띠의 여성은 아내가 되더라도 직장과 가정을 양립시키며 조화를 이루어 나갈 수 있다. 단 가사(家事)에는 그다지 신경을 쓰지 않는다. 즉 청소하는 것보다 독서하기를 좋아하여 방안이 다소 어질러져 있더라도 상관하지 않는다. 이 점, 용띠의 남편도 그다지 신경을 쓰지 않으므로 싸움으로까지 발전하지는 않는다.

걱정되는 것은 두 사람 모두 저축심이 적다는 점이다. 착실한 계획을 세워 견실한 가정생활을 하도록 마음쓸 일이다.

성생활은 자유분방한 편이다. 돌발적인 남편의 요구에, 아내는 언제 어디서든 대담하게 응해 온다. 변화가 있는 기교라든가 무드 조성을 잘하는 쥐띠의 아내는 남편의 부족되는 기교를 스스로 커버해 나간다.

두 사람 모두 오행삼합(五行三合) 상 수성(水性)이어서, 순간적으로 격렬하게 불타오르지만 언제까지나 떨어지지 않는 화성(火性)의 정서는 그다지 없다. 개방적인 커플인데 여성 측에 다소 바람기가 있는 것 같다. 직장에서도 두 사람은 좋은 협력자가 되는 콤비이다.

용띠의 남성과
소띠의 여성

♡

이 커플은 서로가 서로를 끌어당기는 힘이 없다. 미국의 톱 여우(女優)인 페이다나웨이(소띠)도 그 출세작인 <우리에게 내일은 없다>에서, 주연 남우(男優)인 워렌 메이티(용띠)로부터 공연(共演)하기를 거질당했을 때, 그 역을 맡기 위하여 10kg이나 체중을 감량하는 열성을 보였다. 그래서 겨우 그에게 인정을 받았는데 이 커플은 상당한 노력과 이해가 필요하다.

소띠의 여성에 있어서는 용띠의 독단은 참아내기 버거운 것이며, 용띠 남성에게도 소띠 여성의 음험한 고집은 실로 견디어내기 어렵다.

또 생활이 안정되어 있지 않으면 불안한 소띠에 있어서는, 목적 추구를 위해 무엇이든지 하려고 돌진하는 남성의 모습이 위태롭고 독선적인 것으로 비칠 뿐이다. 이 두 사람이 결혼을 하더라도, 상호간에 그 본질을 파악해감에 따라 불화가 일어난다.

성생활에서도 부조화가 두드러지는 것 같다. 강인한 남성의 열정은 충동적으로 불타오를 줄 모르는 소띠의 여성에게는 당돌하게만 보일 뿐이어서 도저히 따라가지를 못한다. 남성 쪽에서는 불처럼 뜨거워져도 응해 주지를 않고 무드 조성이 서투르기만 한 상대 때문에 모처럼 불이 붙은 불꽃이 사그러지므로 욕구불만이 되고 말 것이다.

용띠의 남성과
범띠의 여성

♡

냉정한 지성(知性)의 소유자인 범띠의 여성은 독립독행(獨立獨行), 오로지 자기 목적을 향하여 전진하는 용띠의 남성을 이상(理想)에 가까운 타입으로 받아들인다. 용띠의 남성도 실행력은 있지만 경솔한 판단을 잘 내리는 자신에게 있어 범띠 여성의 적확한 사고력이 얼만큼 플러스가 되는지 잘 알고 있기 때문에, 이 여성의 의견에는 귀를 기울이게 된다.

결혼을 한 후에도 성급하고 활동적인 남편과 냉정하고 사고력에 뛰어난 아내가 된다. 남편은 가정에서 만족하므로 직장에서 맡은 일에 열중할 수가 있고 아내의 박식함에 경의를 표하며 그 조언에 솔직히 귀를 기울인다. 두 사람은 직업상으로도 좋은 협력자가 될 것이다. 단 경제적으로 볼 때 저축하는 정신은 두 사람 모두에게 있어 그다지 신통치 못하다.

성생활은 지극히 바람직하게 될 것이다. 자기가 쾌감을 느끼면 상대방도 그럴 것으로 생각하기 쉬운 남편에게 뱀띠의 아내는 자신감을 심어주게 된다. 결코 비웃음이라든가 히스테릭한 말로 상대방의 마음에 상처를 주는 것은 하지 아니한다. 항상 격려와 찬탄의 말을 하는데 기교는 보통으로서 아주 담백하다.

용띠의 남성과 토끼띠의 여성

♡

섹스 상성(相性)은 아주 좋지만 아무래도 성격적인 불일치가 많을 듯하다. 결혼 상대라고 하기보다 즐기는 상대로 적합한 상성이다.

언뜻 보기에는 승벽(勝癖)이 강한 것 같으면서도 그 본성은 부드러운 토끼띠의 여성에게는 동정심이 많고 정감(情感)이 풍부한 사람이 어울린다. 그런 점에서 저돌맹진형(猪突猛進型)인 용띠의 남성은 다소 생각을 해봐야 한다.

또 용띠 남성의 입장에서도 세상사를 다 아는 척하며 교우(交友)관계다 뭐다 모두 참견하려 드는 토끼띠의 여성은 귀찮은 존재이다. 그리고 온순하게 눈물을 흘리는가 하면 갑자기 히스테릭하고 강하게 되는 토끼띠의 이중성에 골머리를 앓게 된다.

두 사람이 결혼을 하면 아내는 히스테릭한 고

집 따위를 부리지 말 것이며 강인한 남편에게 전폭적으로 의지하는 아내의 태도를 취할 일이다. 남편은 그처럼 의지해 오는 아내를 실망시키지 말아야 한다.

그렇게 하면 일상생활 속에서 일어나는 다소의 의견 차이가 밤중에 두 사람이 즐기는 성적(性的) 향연에 의해 운산무소(雲散霧消)된다. 마조히즘적인 경향이 강한 아내에게 사디즘적인 남편은 지나치지 아니하도록 경계하는 편이 좋을 것이다.

그리고 용띠는 토끼띠의 여성에게는 언제나 여운을 남기면서 지내고 싶어하는 마음이 있다는 점과 유혹에 약하다는 점 등을 잊지 말아야 한다.

뱀띠의 남성과 용띠의 여성

♡

스쳐 지나가는 정도의 교제는 상관없지만 길게 사귀면 소소한 문제가 많은 커플이다.

처음에는 믿음직스럽게 보이기만 했던 뱀띠의 남성이 깊게 사귀어감에 따라서, 실은 결단을 더디하고 동작도 눈하다는 감을 느끼게 되어, 용띠의 여성은 안달이 나게 된다.

한편 뱀띠의 남성은, 행동력이 뛰어나고 자신보다 앞서가며 이것 저것 간섭하는 상대방에게, 처음에는 모든 것을 맡기도 따라가지만 그러는 동안에 '이 주제넘은 여자가…' 라는 생각을 하게 된다.

결혼을 하더라도 아내가 남편의 공적(公的) 행동에까지 시시콜콜 간섭하기 쉬우므로 남편은 폭발 직전의 심경에 몰릴 가능성까지 있다. 여성은 자기가 리드해 나가지 않으면 안되므로 피로하기 짝이 없으며, 또 남성은 상대방의 인정 없는 태도에 화를 내게 되는데 그런 점들을 얼마나 참고 견디어내느냐에 따라 결혼의 성패가 좌우된다.

성생활도 여성 상위로서 남성은 아내를 누나처럼 떠받들어야 스무드하게 이루어져 나간다. 단, 아내 쪽에서 너무나 분방한 체위를 요구하므로 남편을 위축시킬 염려가 있다. 회수와 시간은 어디까지나 남편의 페이스대로 따라갈 일이다.

뱀띠의 남성과 뱀띠의 여성

♡

자기와 똑같은 성향(性向)의 상대방에게 서로 마음이 통하는 친숙함을 느끼므로 동성(同性)인 때의 나쁜 점은 나타나지 아니한다. 편안하고 순수한 사교성도 지니고 있는데다가 남의 발목을 잡으면서까지 출세하려는 생각 따위는 하지 않는 상대에게 뱀띠의 여성은 깊은 공감과 평안함을 느끼게 될 것이다.

또 남성 쪽도 신경을 많이 안 써도 되는 뱀띠의 여성에게 친근감을 가지게 될 것이다. 이 커플은 화려하여 남의 눈에 잘 띄는 사랑을 하는 것이 아니라 신중하고 착실한 그리고 위험성이 없는 교제를 한다.

결혼생활도 견실하여 저축도 해나간다. 뱀띠의 아내는 집을 아름답게 단장하고 자신의 옷과 자녀들의 옷은 스스로 지어입는다.

아내는 미각에 뛰어나 요리를 잘하여 식도락가(食道樂家)인 남편을 즐겁게 해준다. 성생활은 정력적이고 시간도 길며 욕망도 많은 듯하다.

단, 쌍방 공히 질투심이 강한데 그것이 원인이 되어 시도 때도 없이 뜻밖의 부부싸움에 말려들 염려가 있다. 특히 뱀띠의 남성은 연상의 여성에게 호감을 가지는 경향이 있으므로 아내는 충분한 주의를 해야 한다.

또 쌍방 모두 무언 중 불만을 키워나가는 타입이므로, 참는 것만이 능사가 아니라 서로 대화를 해나가면서 문제점을 풀어나가야 한다.

뱀띠의 남성과 말띠의 여성

♡

마치 성격이 상반되는 사람이 만난 것 같아서 주위 사람들에게 뜻밖이라는 느낌을 주게 될 것이다.

말띠의 여성은 도시적(都市的)인 멋쟁이를 좋아하는데, 남성의 음담패설도 당당히 억습을 하여 남성 쪽에서 반대로 입을 다물어 버리는 일이 종종 있다. 이 화려한 것을 좋아하는 여성 앞에 돌연히 나타난 순박한 농촌 청년 타입의 사람이 뱀띠 남성이다.

그런 그의 앞에서 여성은 안심하고 모든 것을 털어놓는데 남성은 텔레비전에 등장하는 사람 같은 화려함에 황홀함을 느끼며 반하여 다가오게 된다. 물론 상반되는 상성인 만큼 반발하며 멀어져가는 케이스도 적지 아니하다.

미녀와 야수의 커플이므로 그런 부자연스러움

을 먼저 깨닫는 쪽은 역시 미녀 쪽이다. '아니, 왜 나같은 재녀(才女)가 이런 산사나이와…' 라며 돼지에게 진주를 던져주는 것과 같은 느낌을 가지게 되면 그것으로 끝장이 난다. 그녀의 미모에 반하여 몰려드는 사나이들은 무수히 많을 것인즉, 소처럼 느릿느릿한 남편은 심히 번민하게 될 것이다.

그러나 다채로운 자극을 좋아하는 여성의 성감(性感)에 대응할 수 있도록 정성을 들여 도전하는 '봉사의 정신' 을 잊지 않는다면 잘 풀려나가게 될 것이다.

뱀띠의 남성과 양띠의 여성

♡

수수하고 착실한 관계를 바라는 이상, 아주 잘 맞는 커플이 된다.

신중하고 평화적인 남성과 가정적이며 성실한 여성이므로 상호간에 상대방에게서 평범하고 즐거운 가정생활을 영위해 나가는 소인(素因)을 발견하고 끌리게 된다.

양띠의 여성은 뱀띠의 남성을 위해 손수 만든 도시락이라든가 음료수를 준비하고 틈만 있으면 스웨터를 짠다거나 방안을 수예품 등으로 장식한다. 뱀띠의 남성은 그런 여성에게 응석을 부리며 어리광을 떠는 남편이 되는 경우도 있을 것이다.

결혼을 하면 남성은 더욱 독점욕이 강하게 되어 아내를 집안에 가두어 두고 싶어하게 된다. 그러나 아내는 그런 점에 불만을 느끼면서도 도리어 남편의 강도 높은 사랑을 기뻐하게 된다. 따라서 폐쇄적인 가정이 될 우려도 있다.

성생활은 극히 평범하다. 남편은 지구력은 있지만 특별한 체위라든가 농후한 애무는 좋아하지 않으며, 아내도 강렬한 자극보다 도리어 무드를 좋아한다. 침대 속에 들었을 때는 은밀한 대화가 필요하다.

한마디로 고생을 함께 하는 데 적합한 커플이므로 파탄이 생긴다면 생활이 화려해질 때이다.

뱀띠의 남성과 원숭이띠의 여성

♡

밀어도 끌어당겨도 도무지 움직이지를 않는 남성과, 항상 자기가 좌석에서 두드러지는 꽃이 아니면 직성이 안 풀리는 여성이므로 만난다 해도 서로가 불유쾌한 생각이 들어 반발만 하는 사이일 것이다.

뱀띠의 남성은 유화(柔和)하게 보이지만 실은 완고하다. 원숭이띠의 여성이 리드하려고 해도 여간해 가지고는 뜻대로 조종할 수가 없다. 그러한 남성의 태도가 여성에게는 둔중(鈍重)하게 보일 뿐이다.

한편 뱀띠의 남성 쪽에서 본다면 그룹에서 여왕처럼 처신하는 원숭이띠의 여성보다 신중하여 튀지 아니하는 여성에게서 평안하고 친숙함을 느끼게 될 것이다.

이 커플의 결혼 생활은 항상 모순 투성이어서

언쟁이 그칠 날이 없다. 견실하고 신중한 남편과 화려한 것을 좋아하여 낭비를 두려워하지 않는 아내는 조만간에 불화를 일으키게 될 것이다.

유일한 타개책은 아내가 남편의 생활에 따라가든가 남편이 아내의 언행을 농담으로 받아들이면서 묵인하는 것이다. 그러나 어느 쪽도 고집이 센 까닭에 받아들이지 않기 때문에 일은 어려워지게 마련이다.

성생활에 있어서도 조화가 이루어지지 않는다. 드라마틱한 무드 조성에 뛰어난 아내인 원숭이띠의 여성은, 명령적이고 자기 멋대로인 뱀띠 남편에게는 귀찮은 존재가 될 것이다. 남편이 원하는 것은 아내의 우아한 애무인 것이다.

뱀띠의 남성과 닭띠의 여성

♡

침착하고 견실한 타입의 뱀띠인 남성과 주제넘게 참견하기 좋아하고 더구나 멋진 구석이라고는 없는 닭띠의 여성과는 무언중에 호감을 서로 느끼게 될 것이다. 속삭이는 데이트가 이어지고 마침내 두 사람은 생활실게에 대하여 이야기를 나누게 된다. 이루지 못할 공상이라든가 꿈과 같은 허망된 이야기는 아예 하지도 않는다.

돌다리도 두드려 가면서 두 사람은 한 걸음씩 계단을 올라가게 될 것이다. 결혼식도 허영은 피하는데 검소하더라도 정성이 들어간 식을 올린다. 평범한 가정생활을 영위해 나가는데 어쨌든 착실한 하루하루가 계속된다.

차분하고 청결한 것을 좋아하는 아내 덕택에 집안은 정리정돈이 잘 되어 있고 깨끗하며, 정원 가꾸기를 좋아하는 남편 덕택에 집안에는 계절에 따라서 피는 꽃이 끊이지를 않는다. 저금이나 재산은 야금야금 늘어나서 일요일에는 부부가 자신있는 요리를 만들어 가족들에게 서비스를 한다.

성생활도 아주 순조롭다. 남편의 응석과 아내의 부끄러움 타는 자태가 두 사람 사이에서 언제까지나 풋풋한 즐거움을 가져다주게 될 것이다. 들꽃을 살그머니 꺾는 소년과 소녀와도 비슷한 목가적(牧歌的)인 사랑이 이 커플의 기조(基調)인 것이다.

농후한 애무가 없더라도 정상위(正常位)에서 짧은 사랑의 교환(交歡)만 있다면 두 사람은 그것으로 충분한 만족감을 얻을 수 있다.

뱀띠의 남성과
개띠의 여성

♡

도저히 어떻게 할 수 없는 커플이다. 서로 열심히 가까워지려고 하는 상대도 아니려니와 만약 서로 헤어져 있더라도 아쉬워할 정도의 상대도 아니다.

단, 친구들과 의논을 하기 좋아한다든가 그것을 멋지게 조정하기 좋아하는 개띠의 여성에게 있어서는, 말수가 없다가도 이따끔 뼈있는 말을 해대는 뱀띠의 무시할 수 없는 상대이다. 또 여성들과 사귀는 방법이 서투른 뱀띠의 남성에게 있어서는, 다가오는 남성이라면 누구에게나 함락될 듯한 모습을 보이는 개띠의 여성이 무시할 수 없는 존재가 된다.

결혼을 하면 상호간에 과잉된 기대를 하지 말일이다. 그러기만 하면 큰 후회는 하지 않게 될 것이다. 아내의 요리라든가 복장, 헤어스타일 등

감각적인 것은 남편이 원하는 것과 일치되는데 선거(選擧) 때 지지하는 정당 등, 사상적인 면에서는 평생을 두고 의견을 달리한다.

섹스에도 다소 균형이 안 잡힌다. 마조히즘적이고 농후한 변화가 있는 전희(前戱)를 욕망하는 아내와, 정력적이지만 사디즘적 경향이 없는 남편 사이이므로 상당한 연구가 필요할 것이다. 침대 속에서의 대화만이라도 사디즘적으로 하면 그만큼 공상력이 풍부한 아내는 불타오르게 될 것이다.

뱀띠의 남성과 돼지띠의 여성

♡

종합적으로 보아 좋은 상성이다. 뱀띠의 남성은 밤새 술을 마셔도 결코 쓰러지는 일이 없다. 볼링을 하더라도 3게임 정도는 호흡이 흐트러지지 않는다.

그러므로 직장에서도 그런 활동력으로 매일 야근을 해도 불평을 토로하는 일이 없다. 돼지띠의 여성은 그처럼 튼튼한 남성의 팔에 안기는 것이 이상적이다.

그는 성실한 편이어서 여성이 OK를 하지 않는 한 혼전 교섭을 요구하는 일이 없고, 한 번 관계를 맺으면 그 책임을 지려고 한다. 라듐의 발견자인 퀴리 부인을 지탱해 주었던 것은 뱀띠인 남편 피에르의 성실성있는 협력이었다.

곤란한 점은 두 사람 모두 질투심이 강하다는 것이다. 더구나 그 질투심을 마음속에 품고 있을 뿐 돌출시키지 않는다. 특히 돼지띠의 여성은 집념이 강하여 남성 쪽에서 바람을 피면 평생을 두고 그것을 잊지 아니한다. 또 금방 복수할 것을 생각하는데, 자신도 그다지 좋아하지 않는 남성에게로 달려가는 일도 흔히 있다.

섹스의 회수는 극단적으로 많은데 두 사람 모두 피로함을 모른다. 여성은 자동차 안 등, 어둡고 좁은 장소를 좋아하며 남성은 욕구가 일어나면 어디든 상관치 않는 타입이므로 뜻밖의 우연이 큰 환희를 가져다 주게 된다.

뱀띠의 남성과 쥐띠의 여성

♡

일반적으로는 도저히 끌어당길 수 없는 커플이다. 자유분방하고 정열과 대범함을 겸비한 여성과, 신중하고 조심성있는 남성인지라 상호간에 직대시하기 쉽다.

결혼을 하더라도 이런 성격들이 쉽으로 발산되면 다소 곤란해진다. 집안은 언제나 어질러져 있어서 남편은 집에 붙어 있기 싫어질 것이다. 청소를 하다 말고 책을 읽는다든가 외출을 하면 귀가시간을 잊어 먹는 아내 대신 남편이 아이들을 돌보고 요리를 만들지 않으면 안되는 경우가 생길는지도 모른다.

한편 남편의 독점욕은 무엇보다도 아내를 괴롭힌다. 아내의 외출이 잦아지면 혹 바람이 난게 아닌가 하여 의심을 하고 외출금지령을 내리는데 심할 경우에는 방에 자물통을 잠그는 일까지 있을 수 있다.

어쨌든 쌍방에 인내심이 필요하다. 그러면 다음날 아침 상대방을 위로해 주려는 감정이 생긴다.

이 두 사람에게 있어 섹스는 상호 심리적인 갈등을 해소시켜 준다는 의미에서 중요한 가치를 지닌다. 대담한 포즈와 정열적으로 행동하는 아내에게 남편은 낮 동안의 번민을 잊고 관능(官能)을 발동하게 된다.

회수라든가 시간보다 무드의 변화를 좋아하는 여성이므로 때로는 들판이나 모래밭 또는 교외의 호텔 등, 장소를 변경할 필요도 있다.

뱀띠의 남성과 소띠의 여성

♡

두 사람 모두 오행삼합(五行三合) 상 금성(金性)으로서 숙명적인 인연이 있다. 서로 실제성(實際性)과 견실성이 공명(共鳴)하는 것이다.

실행력이 있는 여성에 비하여 남성 쪽은 듬직한 타입이다. 모자(母子) 관계라면 동생들의 엉덩이를 토닥거려주는 아들이 될 것이고, 부부관계라면 아내의 헌신적 노력에 만족하는 나머지 남편은 고개를 들지도 못할 것이다.

두 사람이 열애를 하는 중이라면 가급적 낭비를 줄이기 위해 공원을 산책하거나 선물로 받은 극장표를 가지고 영화 구경을 하러 갈 것이다. 식도락가인 뱀띠의 남성이 맛있는 음식을 먹으러 가자고 해도 소띠인 여성은 가급적 값싼 것을 주문할 것이다.

만사가 이런 식이어서 결혼생활도 보통이므로

눈에 띄지 아니하며, 바람기 따위는 상상도 할 수가 없다. 그래도 뱀띠의 순진무구한 웃음띤 얼굴이 가정 안에 명랑함을 끊이지 않게 한다. 지나치게 절약을 하는 경향이 있다.

신중도 좋기는 하지만 교제도 소중하다. 소띠의 여성은 남편을 출세시키고자 하는 마음이 강렬하기 때문에 돌 굴리는 방법을 연구할 필요가 있다.

성생활은 평범하며 표준적인 것이 될 것이다. 아내는 무드 조성에 연구를 할 필요가 있다. 향수라든가 화장, 또는 잠옷이라든가 침대 등은 화려하게 꾸미는 등 남편의 오감(五感)을 무너뜨리는 연구를 해야 할 것이다.

뱀띠의 남성과 범띠의 여성

♡

오행삼합 상으로 볼 때 마음을 서로 터놓기 어려운 커플이다. 각각 상대방의 일을 실제문제 이상으로는 흥미를 가지지 않는 남성, 이상(理想)에만 치우치는 여성으로 밖에 이해하려 들지 않는다. 자설(自說)을 굽히지 아니하는 완고함은 두 사람 모두 똑같다.

이 두 사람이 서로 그 가정 등을 방문하거나 하면 본인들을 비롯하여 왠지 주변 사람들까지 불유쾌한 기분에 휩싸이고 만다.

더욱 쌍방의 장점을 살려나가서, 남성은 주변의 반발이라든가 악의(惡意)를 깨끗이 받아 넘기면서 웃음을 띠고, 여성은 냉정하게 그러나 우호적으로 행동하면 그 자리의 공기도 훨씬 부드러워진다.

그러나 일단 관계를 맺으면 쉽게 헤어지지 않

는다. 이렇게 된 다음에는 끊을 수 없는 인연으로 발전하게 된다. 대화를 신중히 하는 아내는 대화를 하고자 하지 않는 남편이 자설(自說)을 고집하는 고집쟁이로 비친다. 남편의 처지에서는 무언중에 서로 통하는 휴식과 평안함을 원하는 것이기에, 이론적이고 앵돌아지기 잘 하는 아내가 위선적으로 보이게 마련이다. 요컨대 상대방의 결점에 관대해지지 않으면 조화를 이루어나가기 힘들다.

섹스에서도 정력적이고 자기 본위적인 남편과 정감이 모자라는 아내이므로, 남편이 아내를 상당히 교육시키지 않으면 육체적 환희도 마음의 기쁨도 얻어지지 아니한다.

뱀띠의 남성과 토끼띠의 여성

♡

서로 보완해 나가면서 사이좋게 지내는 커플이다. 근무시간 중에 문득 고개를 들어 창밖에 펼쳐진 푸른하늘을 바라보는, 마치 꿈을 꾸는 것 같은 토끼띠의 여성과, 한눈 파는 일도 없이 서류와 씨름을 하는, 오직 성실할 뿐인 뱀띠는 전혀 다른 세계의 사람처럼 보인다. 그러나 두 사람에게 공통되는 선의(善意)가 무심코 부딪치는 시선 속에서 읽어낼 수 있다.

남성은 조리사(調理士)·원예가(園藝家)·디자이너·일러스트레이터 등이 적합한 직업이다. 토끼띠의 여성에게는 선천적으로 시적(詩的)인 직관력이 있는 까닭에 남편이 하는 일에 유효한 어드바이스를 할 수 있기 때문이다.

그러나 뱀띠의 남성은 결혼을 하면 아내를 다른 남성과 만나지 못하도록 할 만큼 독점욕이 강하게 되며 이것이 트러블의 원인이 되기 쉽다. 아내는 자기가 좋아하는 스타에 관한 이야기를 태연히 해대는데, 남편은 무뚝뚝하여 유머와 여유가 모자란다.

섹스에서도 때때로 남편은 아내의 몸을 멍이 들 정도로 들볶는 일이 있는 것 같다. 그러나 아내는 거역하지 않고 남편이 하는 대로 따라간다. 고통은 이윽고 쾌락으로 변하여 갈 것이다.

말띠의 남성과 용띠의 여성

♡

언제까지나 싱싱한 맛을 잃지 않고 풋풋한 관계를 지속해 나갈 수 있는 상성(相性)이다.

머리 회전이 빨라서 언제나 젊은 감각을 잃지 아니하는 말띠의 남성은 똑같이 유연하고 기지와 감각에 풍부한 여성이 아니면 템포가 안 맞는다. 그런 점에서 용띠의 여성은 반응이 빠르기에 더할 나위 없다 하겠다. 단 두 사람 모두 다소 덜렁대는 면이 있는 까닭에 만원 전철 속에서 엉뚱한 사람의 손을 꼭 잡고 있는 등 상식 밖의 짓도 한다.

결혼을 하면 여성은 가사의 처리라든가 이웃과의 교제 등을 썩 잘 하는 아내가 된다. 남편의 출세를 돕기 위해 상사(上司)에 대한 선물을 썩 잘 한다. 남에게도 그리고 자신에게도 애매한 태도는 취하지 않으므로 상당히 현부인(賢夫

人)인 척하게 된다.

남편은 가정에서 싸움을 일으키지는 않을 정도로, 밖에서 적당히 외도를 즐긴다. 서로 모르는 체하지만 그것이 도리어 두 사람 사이에 신선한 맛을 더해 준다.

용띠의 여성은 낮과 밤의 생활이 정반대로 뒤바뀐다. 현부인에서 무서운 야생녀(野生女)로 바뀌며 남편의 격렬한 사랑을 요구한다. 남편은 스태미너란 점에서는 뒤떨어지지만 뛰어난 테크닉의 소유자이므로 그것에 충분히 응할 수 있다.

말띠의 남성과 뱀띠의 여성

♡

서로 힘에 의해 끌린다든가 공명(共鳴)을 하는 일은 적은 커플이지만 두 사람 사이에 커뮤니케이션의 중개를 하는 친구가 있으면 뜻밖에도 잘 이루어지는 듯하다. 그 친구는 수다쟁이로서 침착성이 없는데, 그러한 것이기에 두 사람의 관계에 열쇠를 쥐게 된다.

처음에는 상대방을 서로 이성으로서 그다지 의식하지 않지만 이윽고 남성 쪽에서 자신의 성적(性的) 매력을 상대방에게 열심히 느끼게 한다. 그래도 육체적 매력은 그다지 있지 아니하므로 오로지 상대방의 마음에 들 것 같은 이야기를 하여 그 마음을 사로잡고자 한다.

그런 이야기에 여자 쪽에서 자신도 모르는 사이에 끌려온다면 성공한다. 이런 식으로 이른바 부창부수(夫唱婦隨)의 커플이 되어가는 케이스가 상당히 있다.

결혼을 하면 말띠의 남성은 살림을 썩 잘 하는 아내에 대하여 안심을 하고 플레이보이 기질을 발휘한다. 그러면 아내는 금방 질투의 독아(毒牙)로 물어뜯는 뱀으로 변하는 것 같다. 아내의 시의심이 너무 강렬해지면 남편의 불장난은 도리어 에스컬레이트하는 위험이 있으므로 주의를 기울여야 한다.

또 아내의 섹스는 정력적이지만 감수성이 떨어지기 때문에 예민한 감각으로 도취의 극점(極點)을 노리는 남편과는 다소 어긋남이 있는 듯하다.

말띠의 남성과 말띠의 여성

♡

이 커플은 시선이 마주치는 순간부터 서로 마음속에서 자신의 분신(分身)을 찾아내고 서로가 서로를 끌어당길 것이다. 민감하여 현대감각에 빠지는 커플이므로 만나면 금방 갖가지 흥미에 대하여 화제(話題)가 꼬리를 물게 될 것이다.

단, 두 사람 모두 이야기를 잘 하는 데만 신경을 쓸 일이 아니라 이야기를 잘 들어줄 필요가 있다. 어느 쪽이든 상대방의 진심을 마음으로 들어주어야 한다.

결혼을 한 다음에는 척하면 통하는 사이가 된다. 단, 신혼의 단꿈이 미처 깨어지기도 전에 남편은 다시 독신시절의 자유분방했던 생활로 뒷걸음을 쳐서 바람둥이의 기질이 고개를 들기 시작한다. 아내는 아내대로 결혼생활의 신선함이 엷어지면 단조로운 주부업(主婦業)이 싫어지게 된다.

자랑을 해도 들어줄 사람이 없으므로 이웃 아줌마들을 상대로 하여 '선전기계(宣傳機械)' 라는 별명을 얻을 정도로 수다를 떤다. 무언가 직업에 흥미를 가지지 못하면 이전에 사귀던 남자친구들과의 정사(情事)를 망상하게 될는지도 모른다.

돈은 모이지 아니하고 마이홈도 좀처럼 장만하지 못하는데 자녀 복은 있다.

성생활은 두 사람 모두 무드 조성을 곧잘하여 관능(官能)의 환희가 깊기 때문에 결코 정력적이지는 못하지만 다음 날 나른할 정도로 지나친 자극을 반복하기 쉽다.

말띠의 남성과 양띠의 여성

♡

여성에게 호감을 주는 말띠의 남성과, 양증인 성격의 양띠 여성인데 이 커플은 처음에는 가벼운 호기심이었던 것이 차츰 진행되는 동안 어쩔 수 없이 맺어지는 케이스가 많은 듯하다. 언뜻 보아 반히는 일은 없는 대신, 결혼하자마자 싫어지는 일은 없는 결합이라고 할 수 있겠다.

가정에 들어오면 아내는 남편에게 헌신적이 된다. 자질구레한 수발에서부터 남편의 양복이라든가 넥타이의 선택까지 전부 자기가 하지 않으면 성에 차지 아니한다. 남편도 처음에는 바뀐 분위기 때문에 곧장 집으로 돌아오는데 아이라도 딸리게 되면 슬슬 바람기가 발동하여 아내가 신경질을 부리는 원인을 제공한다. 아이가 자라나면 아내도 남편에게 뒤질세라 젊은 제비족을 둘 가능성도 있다.

성생활은 잘 이루어져 나가는 것 같다. 여성은 의욕만은 왕성하지만 비교적 담백하며 끈질기지 못하다. 남성도 담백하기는 하지만 갖가지로 시도하면서 상대방과 자신의 성감대(性感帶)를 개발코자 눈물겹도록 노력을 한다. 정감에 넘치는 여성과 성감대 연구에 열심인 남성이 그 열성으로 일치되어 나가는 커플이라고 할 수 있다.

말띠의 남성과 원숭이띠의 여성

♡

그룹 속에서 항상 여왕적(女王的) 존재인 원숭이띠에게는 언제나 여성들의 화제에 오르곤 하는 말띠의 남성은 흥미가 있는 존재이다. 여자의 심리를 읽어내기 잘 하는 말띠의 남성은 그런 원숭이띠의 여성을 충분히 만족시켜 준다.

화려하고 로맨틱한 여성과 무드 조성을 잘 하는 남성의 데이트는 주변 사람들의 시기심을 자극할 정도로 매력적이고 감미롭다.

가정에 들어와도 아내는 생활의 냄새와 피로를 침실로 가져오지 아니하며 오로지 남편을 위해 무드 조성에만 전념한다. 그러나 그런 아내에게 만족을 하면서도 남편의 예민하고 섬세한 감각은 때로 바람을 피워가며 가정에서 도망치기를 시도하거나 한다.

아내는 남편의 교묘한 말에 속는 등, 남편의

바람기를 알아차리지 못하는데 일단 꼬리를 잡으면, 폭발하는 분노는 무슨 짓을 할는지 모를 정도로 지극히 맹렬하다. 여자의 체면상 잠자코 있을 수가 없는 것이다. 쌍방 모두 이런 바람기에는 충분한 주의가 필요하다.

성생활은 두 사람 모두 기교를 즐기는 편이므로 체위(體位) 등 갖가지 연구를 해보는 것도 좋을 것이다. 섬세한 감각을 추구하는 말띠에 비하여 원숭이띠의 여성은 열정적이고 용맹한데 감칠맛은 다소 떨어진다.

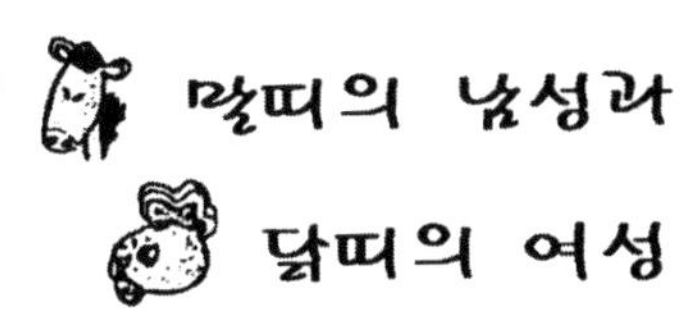

말띠의 남성과 닭띠의 여성

♡

기민하고 활동력이 있는 재주꾼 타입의 말띠와, 착실하고 소심하여 섬세한 것에까지 주의력을 기울이는 닭띠—. 이런 두 사람이므로 처음부터 서로 신경이 마주치면서 불꽃을 튀기는 까닭에 데이트를 하더라도 편안함을 얻기란 아주 어렵다.

비록 결혼을 하더라도 어울릴 것 같으면서도 전혀 그렇지 못한 두 사람이니 잘 되어가지 못한다. 치밀하고 섬세한 아내의 신경은 남편의 교묘한 변설(辯舌)과 스피드한 행동 가운데서, 경박함이라든가 거짓말의 냄새를 맡고 마음의 상처를 받기 쉽다.

남편은 또 남편대로, 귀가시간에서부터 행선지의 동태까지 꼬치꼬치 캐묻지 않고는 직성이 안 풀리는 아내의 예리한 신경과 시의심에서 점점 혐오감을 느끼게 된다.

일상생활의 부조화(不調和)는 침대 생활에도 나쁜 영향을 끼친다. 아내의 수치심이라든가 신중성이, 남편으로서는 마치 자신의 요구를 거부하는 것처럼 생각되게 마련이다. 아내가 남편을 밀되, 불필요한 비판을 하느냐 안 하느냐가 잘 이루어져 나가는 열쇠가 될 것이다.

그렇지 않으면 남편은 바깥에서의 자유를 찾아서, 가정에 있을 때 휴식할 수 없는 마음을 부드럽게 감싸주는 이성(異性)에게 관심을 가지게 된다.

말띠의 남성과 개띠의 여성

♡

만난 순간부터 서로가 서로를 끌어당기는 최고의 상성이다. 어느 쪽도 지성(知性)이 넘치는 12지지로서 개띠의 여성은 아무리 호감을 느끼더라도 결코 자기 쪽에서는 말을 하지 못하는 신중성을 가지고 있다. 기품이 있는 태도를 허물어뜨리지 않으며 어느 정도 이상으로 상대방에게 접근하는 일은 없다.

그런 개띠에게 말띠의 능변(能辯)은 교묘하게 접근할 수가 있다. 개띠도 이 말띠에게는 이상할 만큼 망설임 없이 어떤 선을 넘고 만다. 실로 12지지의 신비스러움이라고 밖에 말할 수가 없다. 단 다른 사람의 질투가 원인이 되어 오해와 파멸이 생기기 쉬운 점만은 각별한 주의를 요한다.

결혼을 하면 두 사람 공히 견실함으로써 우선

밝고 즐거운 가정을 만들어나가기 위해 전념한다. 돈을 모음으로써 아름다워지기 위해 열심히 일하는데 사교술이 능란한 아내에게 남편은, 한편으로는 만족하고 한편으로는 질투심을 일으킨다. 그러나 그것이 도리어 보다 강력하게 맺어준다.

섹스 상성도 잘 맞는다. 두 사람 모두 무드 조성을 잘 하는데, 남편의 감각적인 관능의 세계에 아내도 모든 것을 잊고 빠져든다. 남편의 어떤 요구에도 응하며 대담한 자태를 취하는 것도 꺼리지 아니한다.

말띠의 남성과 돼지띠의 여성

♡

그저 그런 정도의 커플이다. 첫선을 보는 자리에서도 남성은 익살을 떨며 능변으로 이야기를 이어나가는 타입인데 여성은 조용히 상대방의 말에 귀를 기울이는 편이다. 부모, 혹은 중매인의 권유로 짝을 이루게 되는 케이스가 많고 열렬한 연애와 사랑은 아니지만 이혼은 하지 않을 것이다.

곤란한 점은 남성이 마이홈 스타일이 아니란 것이다. 곧 다른 여성에게 눈길을 돌리는데 2, 3회 정도의 난봉은 각오하지 않으면 안된다. 아내 쪽에서는 하는 수 없다며 포기하지 말고 곧 그 상대를 찾아내고 직접 부딪쳐서 남편을 되찾도록 하는 것이 중요하다. 의지가 약한 그를 방임하면 할수록 위험한 사태가 벌어질 것이다. 직장 상사로부터 질책을 받았다 하여 자포자기

하며 술을 마시고 들어오는 남편에게는 바가지를 단단히 긁어댈 정도의 야무진 아내가 되어야 한다.

단, 돼지띠의 여성은 성감대(性感帶)가 발순이어서 남성은 갖가지 테크닉을 시도해 보는 환희를 찾아내게 될 것이다. 성격상의 불일치를 성생활에서의 일치로 보완해 나가는 커플이다.

여배우 비비안 리(돼지띠)는 폐결핵에 걸려 제대해온 남편 로렌스 올리비에(말띠)를 헌신적으로 간호해 주어 올리비에는 완쾌될 수 있었는데, 그후 올리비에는 애인이 생겼고 마침내는 이혼을 하고 말았다.

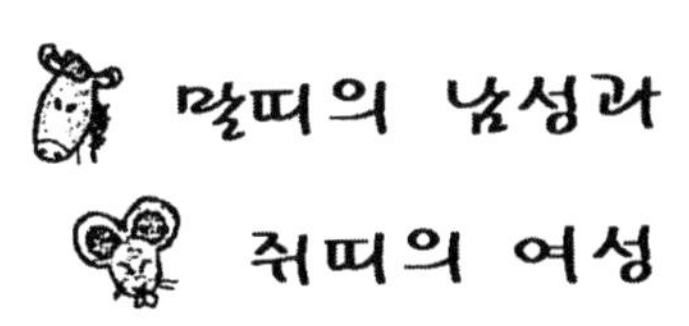

말띠의 남성과 쥐띠의 여성

♡

동성(同性)끼리라면 나쁜 상성이지만 남녀간에 있어서는 길흉(吉凶)이 반반쯤 되는 상성이다.

유창하고 사교적 대화를 잘 하는 남성과, 우정은 누터워도 무뚝뚝하게 말하는 여성—. 조그만 틈새도 없는 재남(才男)과 다소 어수룩한 여성—. 남들과의 교제에 있어서는 풋풋한 사회인(社會人)이며 철학이라든지 여행을 좋아하고 군중 속에 있으면서도 고독한 여학자(女學者)—. 처음에는 자기자신과 똑같은 체취를 느끼며 접근하더라도 곧 이질적인 부분을 발견하고는 떨어져가게 될 것이다.

그러나 완전히 상반되는 말띠와 쥐띠라 하더라도 서로가 상대방에게서 자신에게는 없는 매력을 찾아내기만 한다면 강력한 힘으로 끌어당기게 될 것이다. 결혼을 하더라도 각자 흥미를 추구하면서 상대방을 존중하고 상호간에 처지와 자유를 속박하지 않는다면 파란을 일으키지는 않는다.

성적(性的)인 일치도 무시할 수가 없다. 서로 대낮의 섹스도 즐길 수 있으며 가학적(加虐的)이라고까지 생각되는 남편의 요구에 응해줄 만큼 정력적인 아내이기도 한다.

단, 두 사람 모두 다른 이성에게 한눈을 팔기 쉬우므로 주의할 필요가 있다. 그것만 피할 수 있다면 서로의 결점이 장점으로 보여서 뜻밖으로 잘 되어가는 수도 있다. 어쨌든 이혼율은 결코 낮다고 할 수 없다.

말띠의 남성과
소띠의 여성

♡

상당히 노력하지 않으면 이 두 사람의 관계는 오래 지속되지 못한다. 서로가 서로를 끌어당기는 요소가 전혀 없는 것이다.

남성은 예민한 감수성의 소유자로서 무슨 일에든 흥미를 나타내는데 스타의 가십까지도 즐겁게 이야기한다. 또 처세술도 능란하여 재빠른 판단으로 금방 직업을 바꾸거나 한다.

그러나 소띠의 여성에게는 그런 남성이 경박하게 보여서 견딜 수가 없다. 마침내는 마땅치 않다는 표정을 짓게 되는데 그런 여성에게서 남성은 어둠 속에서 반짝이는 고양이 눈처럼 음험함을 느끼는 수가 있다.

하지만 무언가 공통점을 찾아내면, 상호간의 결점을 보완해나가고, 용서해나갈 수 있을 것이다. 프랑스의 철학자인 사르트르와 여류 작가인 보봐르가 2년간의 계약결혼 후에도 깊은 애정의 고삐로 묶여진 것은 실존주의라는 사상에 두 사람 모두가 공명하고 있었기 때문이다.

섹스 면에서는 불감증 기미가 있는 소띠의 여성에 비하여 말띠의 남성은 전신이 관능(官能)의 덩어리이다. 침실의 무드 조성이 서투른 아내를 가련하게 여기며, 전희(前戲)에 충분한 시간을 쓸 일이다. 육체적인 애무뿐 아니라 부드러운 말을 속삭여 아내의 감정이 돌아서기를 인내심 강하게 기다리면서 계속 노력하면 환희를 나눌 수 있게 된다.

말띠의 남성과 범띠의 여성

♡

아주 멋진 상성이다. 대화하기를 좋아하고 우아하며 두뇌 회전이 잘 되고 다소 수선스럽지만 현대적인 남성과, 지적(知的)인 이상가(理想家)로서 독창적인 사고(思考)를 하는 여성과는 금방 의기투합한다. 두 사람은 틈만 있으면 문학·예술을 논하며 인생에 광범위한 문제에 대하여 충분한 대화를 할 수 있는 친구도 될 수 있을 것이다.

이윽고 두 사람 사이에 사랑이 싹트게 된다. 아직 바람기를 잡지 못한 남성에게 범띠의 여성은 관대한 마음으로 접하게 될 것이다. 남성도 그런 상대에게서 편안함을 찾고 결국에는 이 여성의 품안으로 돌아온다.

단, 곤란한 점은 모두가 관념적인 것으로 끝나고, 남성과 여성으로서 성(性)의 애닲음과 괴

로움 등을 통하여 알게 되는 치열한 사랑의 기쁨이 결여되는 것 같다.

결혼을 하면 가정을 보다 고급이고 문화적인 분위기로 꾸미는 데 두 사람이 서로 협력한다. 조금씩 돈을 모아나가기보다 대형 텔레비전이라든가 고급 자동차가 있는 생활을 즐긴다. 주머니 속에 단돈 몇 만원이 있더라도 두 사람이 극장에 가서 영화를 감상하고 바에 들러 연인시절로 되돌아가는 타입이다.

성생활에서도 부드러운 조화를 보인다. 동물적인 환희의 소리를 내는, 격렬하고 짧은 행위가 아니라 바이올린과 하프의 합주와 같은, 우아하고 섬세한 행위를 장시간에 걸려 반복하는 것이다.

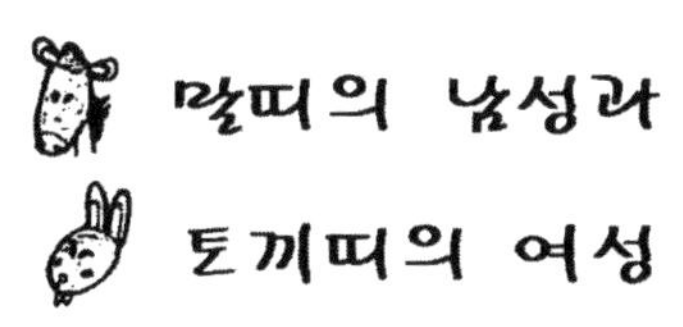

말띠의 남성과 토끼띠의 여성

♡

어느 곳에도 항상 상반되는 두 가지의 성격이 잡거(雜居)하고 있어서 사물에도 사건에도 이성(異性)에도 견실한 애착이라든가 집착심 등을 가지지 못한다.

재남형(才男型)인 만큼 신경이 예민하여 큰일을 당하면 망설이기를 잘하는 말띠의 남성과, 환상같은 꿈을 꾸면서도 세상 관습에 밝으며 일이 생기면 신경이 긴장되었다가 히스테릭하게 되는 토끼띠의 여성은 서로가 서로를 의지하기 어려워서 불신하는 생각이 강해진다.

두 사람이 결혼을 하더라도 남편은 아내에게, 아내는 남편에게 불신감을 가지게 되고 이 불신감이 마음을 흔들어서 다른 이성(異性)으로 눈길을 돌리는 위험이 생긴다.

이 커플은 밤중의 침대생활에서 다소 협조를

하게 될 것이다. 단 사디즘적인 경향이 강한 남편과 마조히즘적인 아내이므로 낮의 생활 속에서의 부조화를 밤의 생활에서 풀어버려고 하는 것처럼 일종의 병적(病的)인 면을 보이게 될 가능성이 있다.

말띠의 마음 속에서 차가운 울타리를 보게 될 때 토끼띠의 아내는 견딜 수 없는 쓸쓸함을 맛보게 된다. 그리고 쇼핑이나 술, 나아가서는 은밀한 정사(情事) 등에 의해 마음의 허전함을 메우고자 할 것이다.

말띠는 야유를 조심하고 토끼띠는 강력한 히스테리를 삼가는 것이 협조의 비결이다.

양띠의 남성과 용띠의 여성

♡

오행삼합 상 목성(木性)인 양띠와 수성인 용띠의 경우 서로 상용(相容)되지 않는 것이 너무 많다.

양띠의 남성은 서민적인 따스함을 지니고 있으며 가정을 소중하게 여긴다. 쉬는 날에는 목수처럼 이것 저것 만들기를 좋아하는 등 자기 취미를 즐기는 극히 평범하고 선량한 인품의 소유자이다. 그러나 용띠의 여성은 진취성이 뛰어나고 멋대로 굴기 때문에 양띠의 이기적이고 소시민적인 근성을 보고는 참지를 못한다.

이 두 사람이 결혼을 하더라도 남편은 아내의 격렬한 열정에 짓눌리다가 마침내는 불쾌감을 느끼게 될 것이다. 한편 아내도 마이홈주의인 남편이 야심도 없고 사나이답지 못함을 보고는 항상 불만을 가지게 된다. 그리고 사소한 일에도 남편을 매도하는 까닭에 언쟁이 그치지 않을 것이다.

그러나 서로 장점을 발견할 수 있다면 잘 풀려나갈 가능성은 충분히 있다. 두 사람이 공통적인 취미를 갖는 것도 한 가지 방법이다. 그렇게 하면 아이디어맨에다가 취미생활을 잘 하는 남편에게 아내는 존경심을 가지게 될 것이다.

성생활은 적극적이고 정열적인 여성에 비하여 남성은 극히 담백하고 평범한 행위로 만족하기 때문에 여성의 입장에서는 부족함을 느끼게 된다. 정력 부족을 성기(性技)의 연구로 보충하는 연구가 필요하다.

양띠의 남성과 뱀띠의 여성

♡

평범하면서도 잘 들어맞는 사이이다. 따스하고 가정적인 정애(情愛)를 무엇보다도 소중히 생각하는 양띠 남성은 뱀띠 여성의 솔직하고 여유있는 웃음띤 얼굴에서 편안함을 느낀다. 여성 쪽도 사랑하는 것을 보호하고자 하는 서민적인 사나이의 부드러움에서 견실한 반려자의 이미지를 싹틔우기 시작한다.

양띠의 남성은 놀기를 좋아하지만 의외로 견실한 면이 있으므로 결코 자기의 돈을 써가면서까지 놀지는 아니한다. 회사의 공금으로 회식을 한다거나, 상사(上司) 또는 친구들에게 용케도 편승하여 노는 까닭에 결혼한 다음에도 아내에게 용돈을 올려 달라는 등의 요구는 하지 않는다. 더구나 카바레의 종업원에게 돈을 뿌리는 일 따위는 절대로 없으므로 질투심이 강한 아내도 안심할 수 있다. 휴일이면 일요목공을 즐기는 남편에게 요리를 잘 하는 아내가 솜씨껏 음식을 장만해 준다.

깨끗하게 정돈된 아파트의 한쪽 방안에서 저금통장을 들여다 보며 마이홈 계획을 세우는, 그런 부부가 될 것이다.

두 사람의 섹스는 의외로 담백하다. 극히 평범한 정상위(正常位)만의 교섭을 습관적으로 반복한다. 그런 점에서 다소 어린아이와 같고 당돌한 사랑을 요구하고 싶은, 뱀띠의 아내는 불만스러울는지도 모른다.

양띠의 남성과 말띠의 여성

♡

공통점이 없는 두 사람이기에 이 사랑에는 항상 곤란이 따른다.

여성과 만나면 반드시 어머니를 연상하는 마마보이와 가까운 양띠의 남성은 어머니를 닮은 말띠의 여성과 만나면 물불은 헤아리지 않는데 비록 유부녀라 하더라도 빼앗고 싶어지는 면이 있다. 사회적인 지위도 깨끗이 버리고 그녀의 가슴 속에서 젖냄새를 맡기 위해 마음도 몸도 달려가고 말게 되는 것이다.

일찍이 영국의 왕 에드워드 8세는 이혼한 경험이 두 번이나 있는 심프슨 부인을 보고 한눈에 반하여 왕위를 버리고 결혼, 윈저공이 되었는데 그가 바로 이 양띠와 말띠의 예이다.

정서적이어서 우아함과 인정미를 무엇보다도 소중히 하는 양띠에 대하여 논리적으로 안 맞는 것은 싫어하는 말띠이므로 결혼한 다음에는 문제도 상당히 많이 생기는데 어쨌든 지성을 앞세워서 화를 내기 쉬운 말띠의 여성도 항상 한 발짝 물러서며 남성을 추켜올려 주는 마음가짐만 잃지 않는다면 인생을 함께 보낼 수 있다.

양띠의 남성은 성(性)에 담백하여 전희(前戱)도 그다지 안 한다. 그럴 때 '아니, 이 남자 벌써 백발이 성성한 걸.' '머리카락이 흐트러졌어요. 미장원에 가야겠는 걸요.' 라며 아내는 냉정해진다. 그러나 침대 속에서는 서로 흉금을 터놓고 격렬할 것을 요구하는 것이 신선함의 원천이 된다.

양띠의 남성과
양띠의 여성

♡

남녀관계보다도 우정적이고 조용한 조화를 보여주는 커플이다.

두 사람 모두 가정적이고 풍성한 서민적 감각에 가득찬 인정가(人情家)들이므로 격렬하게 끌어당기는 일은 없지만 교제가 깊어갈수록 우정이 애정으로 바뀌는 경우가 많은 것 같다.

이 커플은 연애라든가 결혼 이외의 인간관계에 적합하다. 사장과 여비서, 연주자와 반주자 등의 콤비로서도 아주 좋은 상성(相性)이다. 두 사람 공히 저널리스트로서 퇴근길에 들르는 바가 같다는 점도 친애감을 더해주게 될 것이다.

결혼을 하면 처음에는 그다지 감격스럽지 않고 도리어 취미라든가 가정 가꾸기, 아이들의 교육을 통해서 상호간에 마음의 교류가 더해진다. 젊었을 때에 오히려 노부부적(老夫婦的)이며 노부부가 된 다음에 비로소 서로 반해간다는 부부이다.

단 두 사람 모두 이성보다는 감정에 치우치는 경향이 있으며 취미가 같은 사람이든가 자신에게 동조하는 사람밖에 상대해 주지 않는 배타적인 가정이 되기 쉬운 위험성이 있다.

성생활도 거의 모두 이런 낮생활의 연장이다. 담백하여 쾌락을 구한다기보다 도리어 생식(生殖) 행위로서의 성(性)을 처리한다. 시간도 짧아서 곧 만족을 느낀 다음에 편안히 잠을 잔다. 성애잡지(性愛雜誌)도 이 두 사람에게는 아무런 자극을 주지 못한다.

양띠의 남성과 원숭이띠의 여성

♡

그다지 좋은 상성(相性)은 아니다. 대저 공통점이 없는, 그리고 감격이라고는 하나도 없는 커플이다. 두 사람 사이에 제삼자라든가 공통 목적 등 무엇인가의 매개가 없는 한 맺어지기 어려울 것이다.

연애감정도 일어나기 어려우므로 만약 결혼을 한다 하더라도 맞선을 보거나 다른 사람의 소개가 있어야 이루어지는 사랑이다. 하지만 일단 결혼을 하면 양띠의 남성은 가정을 소중히 하고 사랑하는 자들을 지키기 위해 모든 희생을 감수하는 남편이 된다. 아내보다 남편이 아기를 원하며 아이들에게 보다 많은 애정을 쏟는다.

이에 반하여 원숭이띠의 여성은 언제까지나 신혼의 달콤함을 잊지 않고 아이들보다 남편과의 생활을 중심으로 생각한다. 아이들은 친정에 맡기고 남편과 놀러 나가기를 원하는 경우가 상당히 많다.

섹스에 있어서도 남편은 담백하며 정력적으로도 약해서 쾌락이라고 하기보다 상식 본위로 생각하기 쉽다. 섹스란 남성이 봉사해 주는 것이라고 생각하는 아내의 그 정열적인 도전을 받아들이기에는 다소 역부족일 것이다.

양띠의 남성과 닭띠의 여성

♡

원래부터 여성을 감싸주고 지켜 주기를 좋아하는 양띠의 남성과, 좋은 면이든 나쁜 면이든 여성적이기만 한 닭띠의 여성과는 상성이 나쁠 까닭이 없다.

양띠의 남성은 근무처에서도 애사정신(愛社精神)이 강하여, 언제나 자신의 과(課) 여성을 감싸주고 사랑하는 마음을 잊지 않는다. 그러므로 이 과(課)에서 근무하는 닭띠의 여성이 있을 경우 미혼·기혼에 관계없이 서로 끌어당기는 바가 있어 깊은 사이로 발전할 가능성이 있다. 두 사람 모두 미혼이라면 좋겠지만 남성 쪽에 아내가 있을 경우 여성은 이룰 수 없는 짝사랑에 울 수밖에 없다.

남성도 가정을 소중히 생각하는 사람이므로 처자를 버리는 일 따위는 할 수가 없는즉, 흔히 있는 상사(上司)와 오피스걸의 정사(情事)가 맞게 되는 말로(末路)를 걸을 수밖에 없다.

결혼을 하게 되면 닭띠의 여성은 깨끗한 것을 좋아하고 꼼꼼하므로 수수한 가정을 꾸려나가는 좋은 아내가 될 것이다. 화려한 것을 좋아하지 않고 가정을 유일한 휴식장으로 생각하는 남편을 위해 저금도 착실히 하는 등 책임감도 강하다.

섹스의 상성(相性)도 그저 적당한 정도이다. 시원시원한 양띠와 호기심이 강한 반면 정력이 약한 닭띠이므로 극히 조심성있고 담백한 교섭이 평범한 시간과 회수를 지속시킬 것이다.

양띠의 남성과 개띠의 여성

♡

서민성(庶民性)이 있고 발상(發想)이 풍부한 양띠의 남성은 사회활동이 잡다하며 생생하게 일하는 것을 좋아한다. 이런 남성과 예술적 명상(瞑想)의 정적(靜的) 세계에서 사색과 이념만을 되씹는 고귀한 여성과는 처음부터 사는 세계가 다르다. 비록 서로가 정반대인 면에 끌려서 결혼을 했다 하더라도 조만간 의견 충돌이 생겨서 파국의 위기에 빠질 것이다.

히스테릭한 독재자가 되려는 남편과 지배도 복종도 하지 않는 아내는 도저히 협조하기 어려운 사이이다. 이런 부조화는 성생활에서도 파문을 불러 일으킨다.

기교도 없고 정력도 뒤지는 것이 양띠인데 이 양띠가 극히 평범한 행위로 만족하는 데 반하여, 관능적인 욕구가 마조히즘으로까지 깊어져 있는 개띠의 아내는 단순한 성생활로는 만족하지 못한다. 여기에도 파국의 한 원인이 있다.

자신의 집안 식구들에게는 마음을 쓰는 남편과, 혈연관계이든 남편이든 간에 남들과 똑같이 저울에 달아가며 평등·공평한 시각으로 보는 아내, 이런 두 사람이니 만큼 결혼생활에는 서로 노력과 이해가 필요하게 된다.

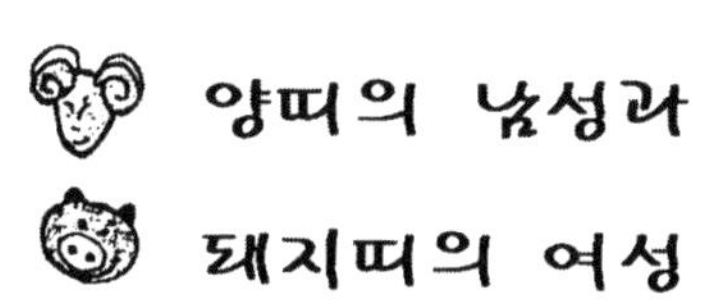

양띠의 남성과 돼지띠의 여성

♡

상대가 어디 사는 누구인지 사전에 알기 전부터 숙명적으로 서로가 서로를 끌어당기는 커플이다.

서로 여간해서 그것을 입밖에 내어 말하지는 않지만 그 마음의 바닥에는 내 일생을 맡기려면 이 사람 밖에 없다고 정해두고 있는 것이다. 두 사람 모두 장난삼아서 이성(異性)을 생각하는 일은 없는 성격이므로 상호간에 남편으로서, 아내로서의 견실성을 인정하면 두 사람의 사랑은 주변 사람들이 놀랄 만큼 급속도로 진전된다.

이 두 사람이 결혼을 하면 실로 화기에 넘치는 가정을 만들 수 있다. 모든 것을 가족 중심으로 생각하는 남편과, 남편의 지위라든가 급료에는 무엇 한 가지 불평을 말하지 않고 오직 헌신적으로 섬기는 아내는 아이들의 성장을 통하여 다시 사랑을 다짐해 나간다. 그러나 너무나 조용한 행복에 안주해 버리지 않기 위하여 남편은 아내를 이따금 밖에 데리고 나갈 필요가 있을 것이다. 하지만 이 두 사람이 진정한 평안을 느끼는 것은 드물기는 하지만 휴일에 골프클럽을 찾는 남편 곁에서 아내가 아이들과 함께 차를 마시는 때일 것이다.

단 성적(性的)으로는 그다지 조화를 이룬다고 할 수 없다. 내심(內心)으로 싫증을 모르고 정력가인 돼지띠의 아내에게 기술적으로 단순한 양띠의 남편이 어디까지나 만족을 줄 수 있을 것인지는 의심스럽다.

양띠의 남성과 쥐띠의 여성

♡

오행삼합 상 양띠의 목성(木性)과 쥐띠의 수성(水性)은 서로 반발을 느낄 뿐 끌어당기는 일이라곤 없다.

이 두 사람이 결혼을 하더라도 우아한 정서가 있는 아내를 원하는 양띠의 남성에게 있어 쥐띠의 아내는 무뚝뚝하고 무엇이든 자기멋대로 하려는 여자로밖에 보이지 않을 것이다. 한편 쥐띠인 아내에게 있어서도 양띠의 남편은 변덕이 많고 화를 잘내는 감정적 남자로밖에 비치지 아니한다.

또 쥐띠의 아내는 아기를 낳은 다음에도 집안에 틀어박혀 있으려고 하지 않는다. 이것 저것 배우기 위해서 또는 직업 부인으로서 밖에 나가고자 하는 아내에게, 아이들의 교육에만 전념해 줄 것을 바라는 남편은 화를 낼 것이다. 이것은 본질적인 의견 차이이므로 대화가 성립될 수도 없다.

성생활에 있어서도 정력적이고 분방한 아내와 그다지 정력적이 아닌 단조로운 남편과는 세월이 흐를수록 미묘한 틈새가 벌어져서 아내를 불만 속으로 빠뜨린다. 따라서 이혼율도 비교적 많은 편이다.

양띠의 남성과 소띠의 여성

♡

상호간에 부족되는 점을 보완해 주는 좋은 상성이다.

양띠의 남성은 누구하고도 금방 사귀며 자신의 연인을 아무에게나 소개하며 돌아다니는데, 얼굴 한번 붉히는 일 없이 그녀의 자랑을 해댄다.

소띠의 여성은 마치 낯을 가리듯 여간해서는 초대 안한 사람 사이에서 휩싸이는 일이 없는데 양띠의 남성이 적극적으로 끌어당기는 것이다.

그녀는 그의 우아함을 믿고 그는 그녀 속에 숨겨져 있는 성실성에 매력을 느끼게 된다.

단 곤란한 점은 남성 쪽에서 무엇이나 자기 멋대로 하려는 태도이다. 아침에도 느즈막하게 일어나면 태연하게 회사에 출근도 하지 않고 정처없는 여행을 떠나는 경우도 있다. 생활의 페이스가 문란한 것을 극단적으로 싫어하는 아내의 엄격함과 맞부딪치지 않으면 괜찮겠지만 아무래도 신경이 쓰인다.

밤중의 침대생활은 안전운전 제일형(第一型)이다. 남성은 테크닉 부족으로 언제까지나 어색하기 짝이 없는데 그래도 여성 쪽에서는 조심성 있게 받아들이고 살랑대는 잔물결과 같은 쾌감으로 충분히 만족하게 된다.

양띠의 남성과 범띠의 여성

♡

조화가 안되는 느낌을 벗어날 수 없는 커플이다.

환경에 대한 순응성이 뛰어나서 어떤 위치에서도 무난히 해나갈 수 있는 양띠의 남성과, 독창성이 강하여 이상한 일을 하고 싶어하는 범띠의 여성과는 살아가는 영역이 다소 다르다. 호인이지만 감정가(感情家)인 남성과 지성적이지만 심술궂은 여성과는 어딘지 어색할 것은 당연한 일이기도 하다.

결혼을 하더라도 일상생활 속의 하찮은 일에서 의견 차이가 생긴다. 기분파인 남편은 예컨대 아내가 식사 후, 설거지도 하지 않은 채 신문을 본다든가 식사중에 젓가락 손잡이로 머리를 긁적긁적하는 등, 사소한 행위를 발견하면 돌연 아내가 보기 싫어지고 만다. 또 아이들의 길들이기에 있어서도 비교적 맹목적으로 아이들을 사랑하는 남편과, 이지적(理知的)으로 유아심리학 등을 응용하면서 아이들을 교육시키고자 하는 아내와는 그 방침이 다를 수밖에 없다.

그런 까닭에 서로 생활방법을 무리하게 통일시키고자 하지 말고 한 발짝씩 양보하면 잘 되어갈 것이다.

낮에는 이토록 의견 차이를 많이 보이는 두 사람인데 밤이 되면 돌연 가까워지는 것이 이 띠들의 불가사의한 점이다. 침대를 낮 동안의 정신적 피로를 푸는 장소로 생각하면서 담백하고도 습관적으로 규칙 바르게 성생활을 영위해 나갈 일이다.

양띠의 남성과 토끼띠의 여성

♡

두 사람 모두 오행삼합 상 목성(木性)에 속하므로 아주 바람직한 상성관계가 된다.

상냥하며 정감이 충분한 토끼띠의 여성과 동정심이 깊고 부드러운 정서의 소유자인 양띠의 남성과는 무언중에도 서로 느끼는 바가 있어서 이윽고는 정이 듬뿍 스민 교제로까지 발전해 나갈 것이다.

결혼을 한 후에는 마이홈주의인 남편과 가족에게 헌신적으로 봉사하는 부드러운 아내가 원만하고 따뜻한 가정을 꾸려나간다. 사회에 대한 순응성이 뛰어난 남편과 세상사에 대해 아는 것이 많은 아내는 자녀를 중심으로 하여 극히 평온하고 소시민적 선량(善良)에 넘치는 생활을 영위해 나간다.

두 사람의 성생활은 정감이 있는 아름다운 조

화를 불러 일으켜 멋지게 될 것이다. 섹스는 단순한 동물적인 것으로 끝나지 아니하고 영적(靈的)인 파동의 고귀한 것으로서 상대방에게 만족감을 준다.

이 커플은 결혼생활에 들어가더라도 연애시절과 같이 신선함을 유지해 나간다. 그러나 아이가 태어나면 남편은 아내를 돌볼 여유조차 없을 정도로 아이의 교육에 열중하고 말게 된다. 한편 토끼띠인 아내도 교육에는 열심이다. 아이들 교육 때문에 두 사람이 충돌을 일으킬 염려가 있다. 두 사람은 서로 상담을 잘 하는 것이 가정을 아름답고 밝게 꾸며나가는 기반이 된다.

원숭이띠의 남성과 용띠의 여성

♡

오행삼합(五行三合) 상으로 볼 때 강렬한 성격인 수성(水性)들이니 만큼 서로 강력하게 끌어당긴다.

당당한 원숭이띠의 풍격에 용띠의 여성은 호감을 가시세 된다. 또 현명하고 진취적인 기질에 뛰어나며 외곬으로 전진하는 용띠의 여성에게 원숭이띠의 남성은, 샘솟는 정열의 아름다움을 느낀다.

원숭이띠는 자신이 할 수 있는 호의를 모두 동원하며 사랑을 고백할 것이다. 지갑을 탁탁 털어서라도 호화로운 무드 속으로 여성을 안내하고 얼굴을 붉히는 일 없이 당당하게 설득해 나간다. 이런 왕자와 같은 태도에 용띠의 여성도 얼굴을 붉히는 일 없이 응하게 될 것이고—.

결혼을 한 다음에는 독재적일지언정 기운이

넘치는 남편과, 자기 멋대로이지만 가사를 야무지게 처리하는 아내가 된다.

단 어느 쪽도 모두 외고집인 만큼 큰 싸움을 벌이기 쉽다. 자기 주장은 상호간에 적당히 내세우는 것이 좋겠다.

불타는 듯한 이 커플의 성생활은 크게 조화를 이룬다. 정열과 정열이 격하고 잘 맞아서 무한한 환희를 느끼게 될 것이다. 단, 남성은 짧은 시간에 불타버리고 말기 쉬우므로 가급적 지구력을 기를 필요가 있다.

원숭이띠의 남성과 뱀띠의 여성

♡

다소 곤란한 커플이다. 원숭이띠의 담백하게 보이면서도 완고한 점과 뱀띠의 부드러운 것처럼 보이면서도 고집이 센 점이 정면으로 대립하기 때문이다.

처음에는 그것이 상호간에 공통점인 것처럼 보여서 접근하게 되지만 깊이 사귀면 사귈수록 혐오감이 더해가서 상처도 커지게 마련이다.

결혼을 하면 독재적인 남편에게 아내는 무언(無言)의 전술로 대항한다. 그러면 그런 아내에게 남편은 점점 더 화를 내다가 폭력을 휘두를는지도 모른다. 그러나 이 부부는 내놓고 부부싸움을 하는 편이 좋을 것이다. 남편은 일단 격노가 지나가면 태연하게 자기가 하고 싶은 일을 한다. 결국에는 침착하게 대처한 아내의 뜻이 통한 것이다.

이런 때 아내는 결코 자기가 승리를 거두었다고 생각해서는 안 된다. 남편을 추켜세워 주면 실질적으로는 자기에게 유리해진다.

성생활에 있어서도 정열적인 원숭이띠는 상대방에게 흥분과 기분의 고조를 과장된 표현으로 나타내 주기를 원한다. 뱀띠는 그렇게 하기를 좋아하지는 않지만 일단 상대방의 기교를 추켜세워주면서 자신의 환희를 몸으로 표현해주는 것만으로도 무드는 호전되게 마련이다.

원숭이띠의 남성과 말띠의 여성

♡

서로가 서로의 부족되는 점을 교묘하게 커버해 나가는 상성으로서 썩 좋은 사이가 된다.

외로워 하면서 칭찬을 받으면 금방 기뻐서 어쩔 줄을 몰라하는 단순한 원숭이띠는, 남의 표정을 잘 읽어내는 말띠의 여성에게 있이, 실로 조정하기 쉬운 상대이며, 또 원숭이띠의 남성은 신경이 피로해지기 쉬운 말띠가 안심하고 휴식을 취할 수 있는 상대이기도 하다.

데이트를 할 때도 원숭이띠의 남성은 여성 앞에 서서 당차게 이끌고 나간다. 자기 생각대로 행동하는 원숭이띠에게 말띠는 과민하게 신경을 곤두세울 일도, 그리고 두뇌 회전을 빨리 할 필요도 없다.

결혼을 하면 남편은 폭군으로 변하여 무엇이든지 자기 중심으로 되어가지 않으면 성을 낸다. 아내는 의연하게 대처하면서 어린아이와 같은 남편을 초조하게 만든다. 이런 아내일지라도 남편은 관심을 자기에게 돌리도록 하기 위하여 비위를 맞추는 일은 절대로 없다.

이런 질투의 효과는 대개 밤중의 생활에서 나타난다. 그렇지 않아도 정열적인 남편은 그야말로 원숭이띠 특유의 저돌적 기능을 나타나는데 아내는 그러한 남편에게서 사디스틱한 쾌감을 맛볼 것임에 틀림없다. 단, 억세게 밀쳐오는 남편의 힘에 떠밀리면서 아내는 섬세한 기교를 가진, 다른 남성을 받아들이고 있는 것인지도 모른다.

원숭이띠의 남성과 양띠의 여성

♡

어려운 커플이다. 온순하고 가정적인 남성을 좋아하는 양띠의 여성에게 있어 원숭이띠의 남성은 모든 점에 너무나 강인하다. 한편 원숭이띠로서도 히스테릭하고 감정에 치우치기 쉬운 양띠는 그다지 호감을 느낄 수 없는 상대이다.

그러므로 이 두 사람이 맺어지기 위해서는 서로가 서로를 연인이라든가 특별히 친한 이성(異性)으로 의식하지 말고 아주 자연스럽게 접하는 것이 좋을 것이다.

결혼을 한다면 아내가 순응성을 살려 남편의 독주에 편승하든가, 남편이 집안 일 일체를 아내에게 맡기면 잘 풀려 나간다. 단, 자녀들을 우선적으로 생각하는 아내가 남편은 방치해 두고 아이들의 시중만 들어준다면, 원숭이띠의 남편은 화를 낸다. 이 남편은 아이들도 자기 부하로 밖에 생각하지 않기 때문이다.

성생활은 그저 그만한 상성이다. 양띠의 여성은 동물적인 강인함이 없기 때문에 원숭이띠의 남성이 지나칠 정도로 거칠게 요구해 오면 도리어 여성이 흥분되지 못한다. 아이들을 좋아하는 양띠는 아기를 잉태하기 위한 것이라고 하는 대의명분에 의해 섹스에 임할 뿐이다. 아내는 원숭이띠의 남편이 자랑하는 늠름한 육체와 격렬한 행위를 이따금 추켜세워 줄 필요가 있겠다.

원숭이띠의 남성과
원숭이띠의 여성

♡

남성끼리라면 나쁜 상성이지만 남녀간이라면 아주 좋은 상성이다.

왕과 왕비의 화려한 사랑과 비슷한 분위기를 지닌 두 사람인 만큼 이 커플은 주변 사람들의 선망의 내상이 될 것이다. 교제를 함에 있어서나 두 사람의 관계를 발전시켜 나감에 있어서도 결코 숨길 필요가 없다. 공공연한 사이가 되면 될수록 두 사람의 혼(魂)은 서로 기대게 된다.

남성은 돈을 꾸어서라도 호화로운 데이트라든가 선물을 준비하고 드라마틱한 사랑의 고백을 태연하게 한다. 여성도 위엄을 세우면서 대등한 입장에서 접한다.

결혼생활도 화려해질 것이다. 양쪽 모두 화려한 것을 좋아하기 때문에 시시한 것은 성에 차지 아니한다. 그러므로 주머니 속에 돈이 남아

있는, 한 달의 전반(前半)은 마이페이스로 나가다가 후반에는 위축된 기분으로 지내게 된다. 아내도 사친회라든가 부인회의 임원이 되고 싶어하지만, 남의 부추김에 편승하지 않는 것이 무난하다.

성생활도 크게 조화를 이루어 나간다. 원숭이띠끼리이므로 가히 왕자(王者)답게 웅대하고 정열에 넘치는 사랑을 나눈 것이다. 단 두 사람 모두 열중하는 나머지 사자후(獅子吼)의 대합창을 하기 쉬우므로 아이들 방과 가까운 곳이나 목조건물인 때는 다소 볼륨을 낮추는 것이 좋겠다.

원숭이띠의 남성과 닭띠의 여성

♡

상호간에 있는 그대로만 가지고는 성격이 잘 맞지 않는 커플이다.

원숭이띠의 대범함은, 꼼꼼한 닭띠의 여성으로서는 안절부절 못하는 원인이 되고, 신경질적인 닭띠는 개방적인 원숭이띠의 남성에게 있어 귀찮을 뿐이다. 이 두 사람이 맺어지기 위해서는 강렬한 공통 이해의 목적, 또는 제삼자의 교량 역할이 필요할 것이다.

대저 자기 본위적이어서 남의 일 따위는 생각도 하지 않는 원숭이띠이므로 결혼한 다음 귀가 시간을 안 지켜도 태연자약하다. 반대로 신경질적인데다가 소심한 닭띠의 아내는 언제나 남편에게 의지하고 싶어 하는데, '남자는 바깥 일을 열심히 해야 돼. 집안 일은 모두 당신이 하라구.' 라고 잘라 말할 뿐, 조금도 도와주지 않는다. 아이들에 관한 일, 이웃이나 친척에 관한 일 등 모두를 처리해 나가려면 아내는 신경이 곤두설 수밖에 없다.

그렇게 되지 않게 하기 위해서는 남편 스스로가 작은 약속을 하고 그것을 꼭 지켜나가야 한다. 생일 선물을 해준다든가 영화관에 데려가는 것도 좋을 것이다. 아내는 남편에게 불평을 그만하게 될 것임이 분명하다.

성생활에 있어서는 아내의 정력 부족이 두드러진다. 나이를 먹어도 언제까지나 처녀의 수줍음이 가시지 않는 아내가 원숭이띠의 남편에게는 불만스러울 뿐이다. 체력의 부족을 무드와 기교로 보완하지 않으면 남편의 바람기가 슬슬 고개를 들게 될 위험이 있다.

원숭이띠의 남성과 개띠의 여성

♡

원숭이띠의 용감하고 개방적인 성격과 개띠의 격해질 줄 모르는 기품있는 성격은 서로를 요구하게 된다.

좋다고 생각되면 무엇이든지 자기 것으로 만들지 않으면 직성이 풀리지 않는 원숭이띠의 남성은 강력하게 부딪쳐올 것이다. 그런 반면 어린아이와 같은 부끄럼도 타는데, 사실은 상대방의 육체에 흥미가 있으면서도 그 말을 좀처럼 하지를 못한다.

그 때문인지 데이트 장소로는 무턱대고 호화로운 레스토랑이나 고급 바를 선택한다. 상대방이야 좋아하건 말건 상관하지 않는데 그 성의있는 태도에 개띠의 여성은 호감을 가지게 되는 것 같다.

단 결혼을 하면 놀기 좋아하는 남편과 멋내기

를 좋아하는 아내로서는 가계를 꾸려나가는 데 문제가 생긴다. 서로 사랑을 하면서도 경제적인 이유로 이혼한 사람이 적지 아니하다.

성생활의 상성도 그저 그만한 정도이다. 밸런스가 잡힌 성격인 개띠의 여성이지만 성행위에 있어서만은 밸런스의 긴장을 푸는 게 좋겠다. 입밖에 내어 말을 하지는 못하지만 실은 난폭하게 정복당하기를 바란다. 행위가 절정에 이르렀을 때 헛소리처럼 용서를 비는 것은 피학적(**被虐的**)인 체위(**體位**)를 요구하고 있는 것이다.

단 원숭이띠의 남성은 격정이 너무 높아지면 조루의 경향이 강해지는 것 같다.

원숭이띠의 남성과 돼지띠의 여성

♡

좋은 상성이라고는 말할 수 없다. 개방적이고 양증인 원숭이띠 남성에게 있어 돼지띠의 여성은 음침하고 지나치게 의심을 하는 타입이다. 한편 돼지띠 여성의 신중하고 내성적인 성격에서 본다면 원숭이띠의 남성은 볼품만 있을 뿐이고 자기 멋대로 행동하는 사람으로 밖에 비치지 아니한다.

결혼을 하더라도 남편의 독재와 아내의 외고집이 금방 맞부딪치기 시작한다. 전제적이고 심술궂은 폭군으로 화해 버린 남편에게 아내도 돌부처처럼 차가운 태도와 마녀와 같은 형상으로 대하게 될 것이다. 가능하면 결혼은 피하는 것이 무난할는지 모른다.

단, 양쪽 정착성이 강한 삼합(三合)이므로 일단 사귀게 되면 옥신각신을 하면서도 관계가 깊어지며 헤어질 수 없는 상태로까지 진전되기 쉽다. 그런 의미에서는 인연이 깊은 상성이다. 그렇게 되면 모든 것이 하늘의 정함이라며 체념하고 상대방을 다시 볼 일이다. 그렇게 함으로써 180도의 운명 전환도 가능하다.

성생활은 깊게 정체된, 강렬한 욕망을 가지는 돼지띠의 여성과, 정열이 강한 대신 지속력이 짧은 원숭이띠의 남성이 어디까지 만족시켜줄 것이냐에 달려 있다.

남자가 사냥감을 마구 가지고 놀리다가 마지막에 가서 목을 죄듯이 농후한 전희(前戱)로 부족되는 지구력을 커버하는 것도 화합의 비결이라고 할 수 있다.

원숭이띠의 남성과 쥐띠의 여성

♡

오행삼합 상 두 사람 모두 수성(水性)이므로 다소 흐리터분한 면이 있는데 쓸데없는 일에 망설이지 않는 성격이므로 잘 맞는 삼성이라고 할 수 있다.

쥐띠의 여성은 일하기를 좋아하여, 자신의 목적을 소중히 하면서 전력 집중시키며 돌진한다. 따라서 열심히 일하며 살아가는 남성에게 매력을 느끼는데 특히 원숭이띠의 남성다운 용감성에 마음이 끌린다. 같은 직장에서 상대방이 일하는 모습을 보고 반하여 사내 결혼을 하는 케이스가 많이 있다.

이 커플의 부부는 상호간에 하는 업무에 대하여 이해를 하므로 맞벌이를 하더라도 잘 되어나갈 것이다. 아내가 가정에 있을 때도 자기 일에 대한 의욕을 남편의 일에서 찾아내어 이루어낸다. 제일 좋은 것은 남편이 하는 사업의 이상적인 보조자가 되는 것이다. 놀이의 파트너가 되는 것도 좋을 것 같다.

단 원숭이띠의 남성은 의외로 정에 약하여 뜻밖에도 아내 아닌 다른 여성과 관계를 맺는 일이 있는 것 같다. 그러면서도 아내에 대해서는 무서운 질투심으로 속박을 한다.

섹스의 상성도 아주 좋다. 분방한 쥐띠의 여성은 갖가지 무드와 체위(體位)로 원숭이띠의 거치른 정열적 남편에게 응해 준다. 원숭이띠의 남성이 지니는 질투심이 침대 위에서는 정열의 불꽃에 다시 기름을 부어주는 역할을 하는 것이다.

원숭이띠의 남성과 소띠의 여성

♡

이 12지지 간의 커플은 서로 메아리가 없고 상호간에 상대방의 장점을 이해하지 못하는 타입이다.

수수하고 조심성있는 소띠의 여성은 원숭이띠의 남성이 볼 때 음험하게 느껴지며, 보스 기질이 있는데다가 패기만만한 원숭이띠는 소띠의 여성이 볼 때 볼품만 근사했지 약점 투성이로밖에 안 보인다. 비록 어느 쪽인가에서 장점을 발견하고 좋아졌다 하더라도 짝사랑으로 끝날 가능성이 많다.

어떤 인연으로 알게 되었다든가 결혼까지 했다 하더라도 여성은 큰 아기를 다루는 기분으로 남성을 달랠 일이다. 원숭이띠의 남성은 자기 멋대로여서 무엇이든 자기가 중심이 되지 않으면 성에 차지 아니한다. 그런 까닭에 가정에서도 독재자로 인정을 해주면 기분 좋아하며 일도 잘 거들어주고 부탁도 잘 들어줄 것이다.

한편 남성의 입장에서는 불필요한 허영은 버려야 한다. 인색하고 거지 근성이 있다며 비웃음을 당하는 소띠 여성의 견실성에 감사할 때가 반드시 오게 된다. 이런 점에서 이 커플의 협조 가능성이 있는 것이다.

섹스의 상성은 가(可)도 아니고 불가(不可)도 아니다. 단, 소띠의 여성이 언제나 덤덤하다고 해서 힘차게 해주는 포옹을 원하지 않는 것으로 생각한다면 큰 착각이다. 신중하지만 그 밑바닥에 있는 정열을 유도해 내도록 힘쓰는 게 좋다.

원숭이띠의 남성과 범띠의 여성

♡

동성간(同性間)의 상성은 나쁘지만 남녀의 경우에는 아내가 남편을 일으켜 세우면서 부창부수로 나가면 아주 좋다.

용감하고 개방적인 원숭이띠의 남성과 냉정하고 이지적인 범띠의 여성은 상호간에 자기에게는 없는 장점을 찾아내고 그것이 원인이 되어 서로 끌어당기게 된다.

결혼생활도 상대방에 대한 깊은 이해와 신뢰의 바탕 위에 서있는 아내는 관대한 마음으로 남편에게 기대를 가지며 남편으로 하여금 용기를 가지도록 힘을 주는 것을 잊지 않는다. 또 칭찬을 받으면 좋아서 어쩔 줄 모르는 원숭이띠의 남편은 아내의 말을 잘 받아들이며 용기 백배하고 자신감을 가지며 일에 열중한다.

단 어느 쪽도 저축 정신이 모자라서 돈이 들

어오면 지식(知識)의 흡수와 사교(社交)에 척척 써버리는 경향이 있는 것 같다. 투자신탁이라든가 보험, 또는 금(金)을 사서 저축할 것을 권하고 싶다.

성생활은 아주 조화롭다. 그 한순간에 전력을 투구하며, 있는 정열을 모두 쏟는데 오래 지속하지 못하는 남편과 성지식은 풍부하지만 욕구는 담백하고 극히 상식적인 아내이다. 두 사람의 섹스는 드라마틱한 사랑의 속삭임으로 충분히 만족을 얻을 수 있을 것이다.

원숭이띠의 남성과 토끼띠의 여성

♡

오행삼합 상 수성(水性)과 목성(木性)으로서 원래는 전혀 상용(相容)될 수 없는 두 사람이다.

데이트를 하더라도 남성은 여성의 희망 따위는 전혀 고려하지 않는 채 경마장에 가서 있는 돈을 모두 탕진하고는 툴툴대며 돌아오는 타입이다. 정다운 말 한 마디만 해줬으면 좋겠다며, 정감(情感)을 무엇보다도 중시하는 여성의 마음 등은 조금도 신경을 써주는 일이 없다.

의리를 존중하는 사람의 권유라든가 어느 정도의 이해관계라도 있지 않으면 맺어지지 아니한다. 토끼띠 여성의 눈에는 원숭이띠 남성이 지니고 있는 믿음직스러운 점이라든가 유치하기까지 한 폭군스러움, 외고집 등등 남성다운 요소들이 모두 거치른 오만으로 밖에 보이지 아니하는 것이다. 첫째 그 말투도 원숭이띠 남성은 단정적이고 명령조로 들릴 뿐이다. 모두가 섬세하지 못하고 또 우아하지 못하다.

성생활에 있어서도 조화를 이루지 못한다. 남편은 단시간에 슬쩍 정점에 올라가는데 아내의 환희 따위는 알 바가 아니라는 듯, 등을 돌리고 자버린다. 시적(詩的)인 무드에 젖고 싶어하는 그녀는 어느 사이에 다른 남성에게 목마름을 달래보고 싶다는 생각을 은밀히 하게 된다.

이런 위험에서 벗어나는 길은 남편이 우선 달콤한 말로 유도해 보고, 아내는 남편을 아이처럼 생각하며 얼러줄 일이다. 이와는 반대로 상호 불간섭을 철저히 함으로써 의외로 해결되는 수도 있다.

닭띠의 남성과 용띠의 여성

♡

서로 무관심한 커플이다. 신경질적이고 꼼꼼한 남성과 진취적인 기질이 많은 여성과는 성별(性別)이 뒤바뀐 듯한 느낌이다. 공통적 이해득실과 목적 등이 없는 한 서로 끌어당기는 일이 없을 것이다.

자질구레한 일에 신경을 쓰며 바지에 흙이 조금 묻어도 톡톡 털어내지 않고는 견디지 못하는 닭띠의 남성은 데이트를 할 때도 상대방 여성을 꼼꼼히 관찰한다.

"오늘 입은 원피스, 잘 어울리네요" 라는 식으로 의상뿐만 아니라 사소한 말이나 표정의 움직임에도 신경을 곤두세우며 기뻐하고 슬퍼하는 것이다.

이런 남성에 비하여 용띠의 여성은 조금도 겁내는 일 없이 무슨 일에나 자기가 좋아하는 바를 앞세운다. 활동적인 용띠의 여성에게는 닭띠 남성의 태도가 여성스럽게 생각되어 구질구질하다는 느낌이 든다.

이 두 사람이 결혼을 하면, 아이들의 교육에서부터 남편의 교제상 예법까지 모두를 아내가 지배하게 될 것이다. 언제나 아내에게 압도당하고 있는 남편은 절대 복종의 무저항주의로 나가면 별 문제 없이 아내와 협조가 가능할 것이다. 그러나 남편의 섬세한 신경이 그것을 감당해낼는지는 의문이다.

성생활도 항상 용띠가 공세로 나가고 주도권을 잡을 것이다. 섹스면에도 아내가 남편을 리드해 나가는 방법을 연구하지 않으면 잘 되지 아니한다.

닭띠의 남성과 뱀띠의 여성

♡

남의 눈에는 어울리지 않을 것처럼 보이지만 본인끼리는 대단히 행복하다고 하는 아주 기묘한 커플이다. 보통 남녀와는 정반대이지만 그래도 잘 되어가는 사이로 발전하는 것이다.

언제나 꼼꼼하고 소심한 쪽은 닭띠의 남성이며 다소 어수룩하며 유연하게 대처해 나가는 쪽은 뱀띠의 여성이다. 데이트를 하더라도 늦게 오는 쪽은 반드시 여성이며, 식사를 하더라도 복장이라든가 주위를 의식한다거나 테이블에 흘린 물을 닦는 쪽은 도리어 남성이다. 더구나 여성은 그러한 남성의 배려에는 신경도 쓰지 않으면서 무심히 포크를 움직이고 있다.

이러한 두 사람이므로 결혼을 하더라도 기묘한 부부가 된다. 남편이 청소와 세탁을 하는데 아내는 그것을 보고도 태연하다. 정리 · 정돈 등은 남편이 잔소리를 하더라도 아내 쪽에서는 '아, 그랬어요…' 라는 대답을 할 뿐이다. 상호간에 묘한 신뢰가 있는 것이다.

성생활은 남성이 여성에 비하여 다소 정력부족이다. 그러나 선천적인 잔재주로 테크닉이라든가 체위(體位) 등을 연구하여 메워나간다.

단, 연구에 열심인 나머지 이상한 성구(性具)를 사용하고 싶어하는 경향이 닭띠의 남성에게는 있다.

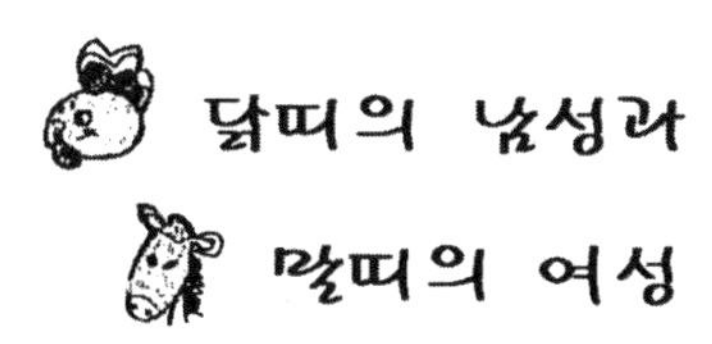

♡

쌍방 모두 신경질적인 12지지로서 서로가 서로에게 신경을 너무 쓰기 때문에 도리어 잘 되어가지 못한다. 신경과 신경이 맞부딪쳐서 마음이 안정될 틈이 없다.

그 때문에 사랑하고 있어도 만나면 마음이 부겁다고 하는 모순된 심경이 된다. 만나면 서로 상대가 지루해하지는 않을까 하는 강박관념에 사로잡혀 필사적으로 화제(話題)를 찾는다. 그리고 결국에는 무거운 침묵에 빠져들고 마는 것이다.

그런가 하면 날카로운 비아냥이나 비판을 대화 속에 섞어서 서로를 상처 입히기도 한다. 마음속으로는 상대방을 상처 입히지 말아야겠다고 생각하면서도 그만 뜻대로 안되는 것 같다.

결혼을 하더라도 서로 상대에게 신경을 써가

며 마음을 편안하게 해줄 틈이 없다. 그런 가운데 말띠의 아내는 남편과 한 침대를 쓰면서도 다른 남성을 생각하게 된다. 결벽증이 있는 남편은 그러는 아내의 속셈을 민감하게 알아내고는 불타오르던 정열을 사그러뜨리는데 그런 와중에서 번민을 하며 등을 돌린 채 자버린다.

이런 때는 초조해하며 서두르지 말 것이며 시간을 가지고 사랑을 따뜻하게 덥혀 나가는 것이 무엇보다도 소중하다. 신경질적이므로 악의(惡意)는 가지고 있지 않은 두 사람인즉, 서로가 서로의 사정과 마음을 이해해나가면 잘 어울릴 수도 있다.

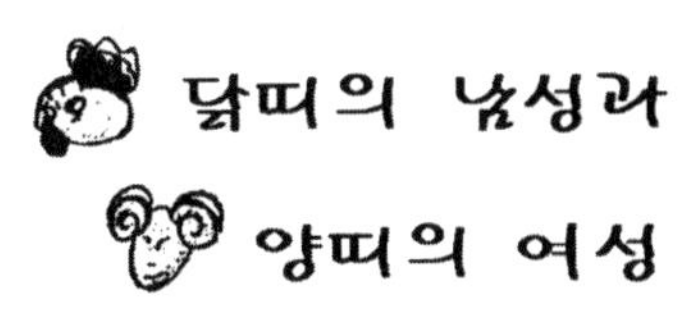

닭띠의 남성과 양띠의 여성

♡

언뜻 보기에는 표면만으로의 경박한 교제처럼 보이지만 그 실은 뜻밖으로 서로를 깊이 이해해 주는 상성이다.

누구하고도 적당히 대화할 수 있는 팔방미인적인 양띠의 여성도 닭띠의 남성에게는, 그 시시한 것 같은 대화의 이면에 진실이 숨겨져 있음을 깨닫고 이끌리게 된다.

닭띠의 남성은 그 외견이 아무리 무골(無骨)이더라도 내심은 아주 섬세하다. 그 때문에 취미도 문학청년적인 면이 있다. 양띠의 여성을 상대할 때는 비교적 드러내놓고 문학청년인 척하는 것 같다. 그러므로 이 두 사람의 사이를 깊게 하려면 자동차라든가 스포츠 이야기보다 톨스토이라든가 O. 헨리의 이야기를 하는 것이 좋다.

결혼을 하면 이 커플은 동호인(同好人)으로서의 긴밀감은 희박하다. 양띠의 아내는 가사(家事)를 좋아하며 그것에 몰두하기 때문이다. 남편은 그런 가정에 만족하며 마이홈 가장이 된다. 나쁘게 말하면 무기력하여 바람 한 번 피지 못하는데, 양띠의 아내로서는 무난한 것이다.

섹스는 극히 평균적이다. 두 사람 모두 정력이 부족되며 거기에다가 담백한 면까지 더 하고 사이즈조차 아담하게 들어맞아서 자극이 약하다. 섹스에는 그다지 구애받지는 않을 것이다.

닭띠의 남성과 원숭이띠의 여성

♡

이 커플은 서로 끌어당겨지지 아니한다. 대저 대범하고 무신경한 원숭이띠와 신경질이 아주 심한 닭띠와는 그 어느 쪽에서도 다가오지를 않는 것이다.

이 두 사람이 데이트를 한다면 그것은 상사(上司)의 권유가 있다든가 부모의 권유를 뿌리칠 수 없는 사정에서 그러는 것이리라. 로드쇼, 그것도 지정석, 아니면 일류 레스토랑에서의 식사, 그리고 나이트클럽과 호화로운 무드를 좋아하는 여성에 비하여 퇴근길 포장마차에서 한 잔하고 싶어하는 남성은 언제나 저항감을 느끼게 된다. 두 사람의 성격 차이로 볼 때 교제기간은 짧은 편이 좋을 것이다.

이 두 사람의 결혼생활은 역시 아내 중심으로 된다. 양증이고 활동적인 아내는 때로 신경질적이고 말이 많은 남편을 무시해 버리기 쉽다. 남편의 델리케이트한 성질에 아내의 주먹구구식인 성질, 아내의 흉만 들추어 내려는 남편과는 이래저래 안맞는 점이 많다. 그러나 그런 점은 두 사람이 서로 상대방의 마음을 이해해 주려는 성의가 조금만 있어도 협조의 길이 열린다. 심히 나쁜 상성은 아니므로 노력 여하에 따라서 행복해질 수도 있다.

섹스면에서도 차이점이 뚜렷하게 나타난다. 그 때문에 정열적이면서 대담한 아내와 힘이 모자라며 냉정한 남편은 여러 면으로 대화를 하면서 갖가지 연구를 시도해볼 일이다.

닭띠의 남성과

닭띠의 여성

♡

어느 쪽도 상대방 속에서 자신의 모습을 발견하고는 끌리거나 반발하거나 하는데 동성(同性)끼리와는 달리 이성인 경우에는 비교적 잘 이루어져 나간다.

가장 주의해야 할 점은 상호간에 성운(盛運)일 때는 그 운이 배가(倍加)되는 반면 쇠운(衰運)인 때는 두 사람 모두 우울해져서 상대의 흉이나 찾으려고 하니 심각하다.

그런 점에 주의를 하면 양쪽 모두 치밀하고 소심하며 내성적이기 때문에 상대방의 강력한 파워에 압도당하거나 상처를 입을 걱정은 없다.

결혼문제도 주변에서 조금이라도 반대를 하면 두 사람 모두 주춤하지만, 축복해 주는 사람이 많으면 돈을 듬뿍 들여 호화로운 결혼식을 한다.

그러나 무사히 결혼을 할 수 있으면 아내는 곧 주부 전업가가 되며, 남편은 꼼꼼한 성격을 발휘하여 적은 돈을 차곡차곡 저축해 나갈 것이다. 그런 이유로 남편의 급료에 비하여 풍요로운 생활을 해나간다.

성생활도 닭띠 특유의 소년 소녀적 청순함을 언제까지나 이어나간다. 동물적인 환희도 농염(濃艶)한 육체의 즐거움도 없지만 그것은 상관치 않는다. 또 서로 성지식의 미숙함으로 인하여 사랑하는 상대의 육체적 구조조차 모르는 채 쓸데없는 애무를 반복하는 일도 있다.

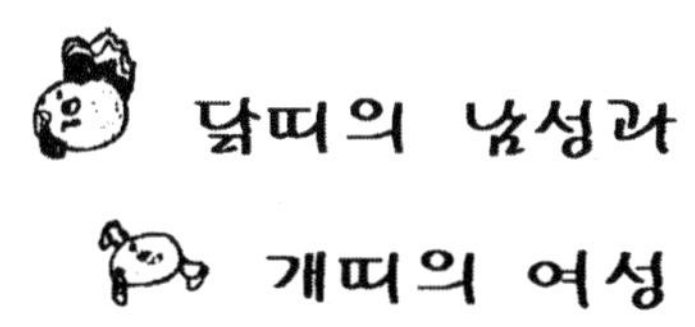

♡

내성적이고 냉정한 닭띠와 대인관계가 좋고 사교성이 있는 개띠이므로 만나면 주저없이 인사를 나누고 대화를 하게 될 것이다. 그러나 그 이상의 진전은 바랄 수 없다. 공통점도 매력도 느껴지지 않는 사이로서 무관심해질 것이다.

단, 두 사람이 공통되는 취미나 목적을 가지고 있을 때는 상당한 가능성이 보인다. 자기 쪽에서 결코 적극적인 움직임을 보이지 아니하는 개띠에게, 남을 끌어당기거나 미는 힘을 가지고 있지 않은 닭띠가 접근하는 경우는, 다소 많은 회수로 만나거나 대화할 기회가 있을 때이다.

이 두 사람이 결혼을 한 경우에는 자질구레한 일에 비판의 눈길을 보내는 남편이 되는데 아내의 작은 실수에도 신경을 곤두세우고 잔소리를 하며 지적할 것이다. 한편 항상 완벽함을 바라는 아내는 남편의 결점을 발견할 때마다 불만을 토로하게 된다.

이런 두 사람인데 잘 이끌어나갈 방책은 있다. 남편은 원래 지니고 있는 서비스 정신을 발휘하여 청소와 정리 정돈에 힘을 써주되 아내로 하여금 소파에 누워 있도록 너그럽게 봐주는 마음가짐이 필요하다. 아내도 남편의 결점 대신 장점을 찾아내도록 노력해야 한다.

성생활은 비교적 조화를 이룬다. 닭띠의 호기심이라든가 실험벽(實驗癖)이 개띠의 마조히즘적인 마음을 자극한다.

닭띠의 남성과

돼지띠의 여성

♡

착실한 생활태도인 닭띠의 남성과 견실한 가정생활을 바라는 돼지띠 여성은 잘 맞을 것 같다.

수수한 두 사람에게는 조용한 정원이나 넓직한 교외(郊外) 등이 데이트하기에 좋은 장소이다. 은밀한 사랑 속에서 서로 이상(理想)에 가까운 것을 찾아낼 수 있으리라.

결혼생활에서는, 아내는 전폭적인 신뢰를 남편에게 보내면서 수수하고 조용한 생활을 착실하게 구축해 나간다. 사물을 깊이 생각하는 남편은 부드럽고 평범한 가정을 사랑할 것이다.

두 사람의 호흡이 잘 맞는 생활은 정숙하고 총명한 아내와 규칙적이고 착실한 남편에 의해 행복해질 것이다. 닭띠의 남편은 자기 방을 청소한다든지 책 정리에 정성을 쏟는다. 돼지띠의 아내는 그런 남편을 번거롭다 하지 않고 주부가 할 일을 척척 해나간다.

양쪽 모두 멋을 부린다거나 화려하게 행동하는 것은 좋아하지 않으므로 돈을 낭비하는 일이 없다. 따라서 저축도 꽤 한다.

성생활 쪽에서는 그다지 조화가 잡힌다고 할 수 없다. 정력적인 돼지띠의 아내는 욕구도 격렬하고 정열적이다. 한 차례의 교정(交情)으로는 만족하지 못한다. 닭띠의 남편은 힘도 부족되는 데다가 담백하므로 아내에게 불만을 안겨주게 될 것이다.

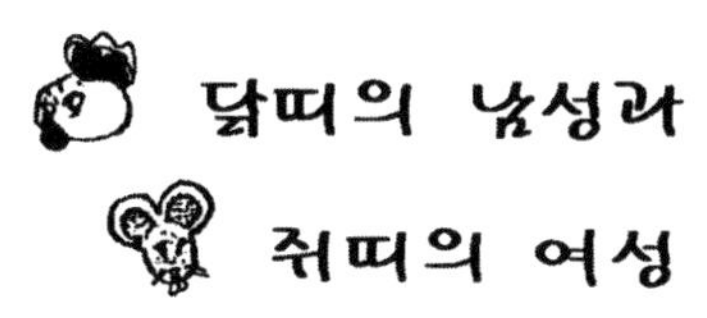

♡

분명하게 말해서 나쁜 상성이다. 닭띠의 남성은 아주 꼼꼼한데 쥐띠의 여성은 흐리터분하므로 시간 약속을 해도 여성은 30분씩이나 남성을 기다리게 해놓은 다음 태평하게 나타나서는 '미안해요' 란 말조차 하지 않는다. 때로는 오는 도중 재미있는 영화 구경을 하다가 약속을 깨끗이 잊어먹는 일도 있다.

이런 분방한 여성은 단속할 만한 힘이 없는 약한 12지인 닭띠의 남성에게 도리어 절망하고 가정과 아이들까지도 버린 채 좋아하는 남성의 가슴을 파고 드는 일도 진기하지 아니하다. 그 정도이므로 취사와 세탁은 거의 엉터리 수준이고, 목욕물을 그냥 둔 채로 소설 읽기에 열중하는 등 악처가 될 것이다. 실수하여 아기를 질식사시키는 등의 부주의한 엄마도 이 12지의 여성들에게서 흔히 볼 수 있다.

남편이 비판을 하며 잔소리를 해도 효과는 전혀 오르지 아니 할 것인즉 꾹 참는 것 외에 해결책은 없다. 침대 속에서도 자유분방하게 갈망을 호소하는 아내에게 남편은 무력감을 느끼게 될 것이다.

그러나 아내가 이런 정열을 외부로 돌려 스스로 어떤 일을 시작한다면 경제적으로도 여유가 생기게 되어 서로 이해해 주는 여유가 생긴 것이다. 또 남편과 아내가 함께 문학 모임에 드는 등 공통 취미를 갖는 것도 아주 좋다.

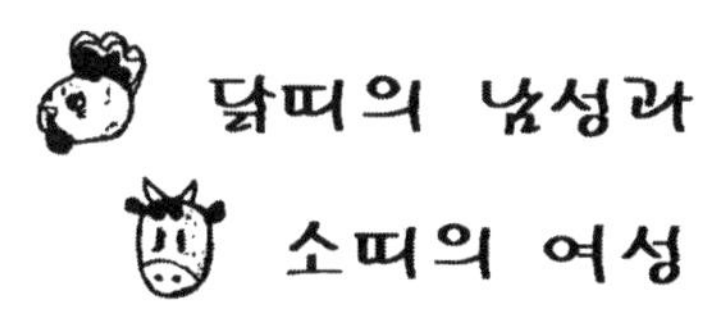

♡

양쪽 모두 견실하고 주의력이 많으며 실제적인 띠이므로 만나면 무언중에 끌어당기는 힘이 나온다.

책임감이 강하고 아무리 사소한 일이라도 결코 허술하게 처리하는 일이 없는 남성에게서 소띠의 여성은 인간적인 성실성을 찾아내게 될 것이다. 또 닭띠의 남성은 신중하고 수수한 성격에 허황된 꿈을 쫓으려고 하지 않는 소띠의 여성에게서 성숙된 여자의 매력을 느낀다.

두 사람의 데이트 역시 경제적이고 신중하다. 착실하고 솔직한 두 사람인 만큼 주변 사람들로부터 호의적으로 받아들여질 것이다.

결혼생활도 뿌리를 단단하게 박은, 견실하고 수수한 생활이 된다. 양쪽 모두 성실하게 배우자를 섬기면서 눈높이를 높게 잡지도 않으려니와 사치 따위도 모른다. 틀림없는 주권(**株券**)이라든가 정기예금, 또는 투자 목적으로 사놓은 토지의 값이 오르는 등, 두 사람의 꿈이 영글어 가게 된다.

단, 지나치게 실리적으로 흐르면, 가정에도 인생에도 활기와 윤기가 없어지고 만다.

성생활도 조화를 이룬다. 소띠의 여성은 쉽게 만족하며 기뻐할 것이고, 정력이 약한 남편에게 능력 이상의 것을 요구하는 일은 없다. 남편을 책망하기보다 힘을 합쳐 남편의 욕망을 불러일으키는 데 도움을 주게 될 것이다.

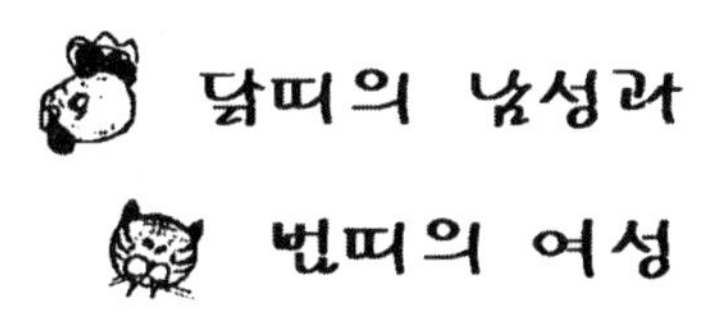

♡

서로가 서로에게 관심을 가지지 않으며, 상대가 어떻게 되든 상관치 않는 상성이다.

범띠의 여성은, 여성으로서는 아주 진귀한 만큼 목전(目前)의 사소한 일에 전혀 흥미를 느끼지 아니한다. 입만 열면 부부란 어떠어떠해야 한다든지 인간의 이상(理想)은 무엇인가 등등, 꿈을 꾸는 듯한 눈빛으로 이야기를 해나간다. 한편 닭띠의 남성은 동료의 신혼가정에서 견실한 설계를 하며 살아가는 것을 부러워하며 자기네들도 그것을 흉내내고 싶다며 잔돈푼 쓰는 것까지도 연구하고 있다. 그러므로 두 사람은 대화가 잘 안되는 나머지 옥신각신이 벌어진다.

'이웃집에서는 대형 텔레비전을 샀더라구' 라며 한숨을 내쉬는 쪽은 남편이며 아내는 그런 말을 무시하며 독서에 열중할 뿐이다. 월말에 비록 1천 원이라도 돈이 남게 되면 그것을 보고 기뻐하는 남편을 비웃는 아내이다.

경제 제일주의인 남편과 지적(知的) 흥미 우선인 아내가 잘 살아나가기 위해서는 쌍방이 만족하는 공통 목표를 세워야 한다. 예를 들면 집 지을 것을 목표로 하여 남편은 저축을, 아내는 설계를 떠맡는 것이다. 그리고 아내는 가사(家事)에 흥미를 잃었던 버릇을 고쳐 청소와 세탁이라도 철저히 하도록 하자. 친구들을 함부로 집에 데려오지 않는 것도 중요한 일이다.

이 커플의 섹스는 무리한 태위(態位) 등을 시도하지 않고 지극히 평범하게 계속한다.

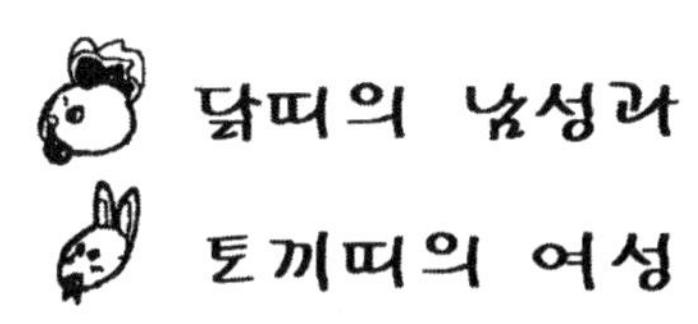

♡

오행삼합 상 금성(金性)에 속하는 닭띠와 목성(木性)에 속하는 토끼띠는 동성(同性) 사이에는 나쁘고 이성(異性) 사이에는 좋은데 이 커플만은 유감스럽게도 안 좋다. 왜냐하면 쌍방 모두 배우자와의 인연이 심히 변하기 쉽고, 제2, 제3의 이성관계가 생기기 쉽기 때문에 이혼율이 제일 높은 커플인 것이다.

하지만 서로 상반되는 매력에 이끌리는 것은 분명하다. 토끼띠 여성의 신비적인 매력이라든가 요동치는 정감(情感), 마조히즘적인 분위기에 닭띠의 남성은 현기증이 날 정도로 도취해 버린다.

그리고 토끼띠의 여성은 자기에게는 없는 실제적인 지혜라든가 활동력을 지니고 있고, 내성적인데다가 조심성이 있으며 뜨거운 시선을 보내는 닭띠의 남성에게 흥미를 느낀다.

그러나 연인 사이인 때 이런 두 사람도 결혼을 하면 남편의 정확성은 계산하기 좋아하는 냉혈관으로 변하고 아내의 매혹은 불결한 마약적 환각으로 화해간다. 남편은 자신의 정력 부족을 느끼면 경우에 따라서는 성구(性具)라든가 약을 사용하기도 할 것이다.

개띠의 남성과 용띠의 여성

♡

기가 막히게 잘 맞는 커플이다. 두 사람의 사랑은 예술에서부터 시작된다. 조용하고 예술가 타입인 개띠의 남성은 영화·연극·음악·미술 등이 무엇보다도 좋다. 용띠의 여성은 호기심이 강하여 무엇이나 그에게 질문하고 함께 예술을 감상하는 것이 무엇보다도 행복하다. 그 역시 지식이 미치는 한 무엇이든 얘기해 주면서 고상한 의논을 해나가는 사이에 서로 사랑을 확인하게 되는 것이다.

그러나 남편에게 있어 중요한 것은 사랑보다도 예술이다. 그는 차츰 그 재능을 인정받으며, 그러한 그의 명성에 반한 그녀는 더욱 이끌리게 된다. 결혼까지 하기 위해서는 여성 쪽에서 강인하게 남성을 설득할 필요가 있다.

결혼을 한 후에는 완전한 여성상위(女性上位)

가 된다. 남편은 클래식을 들으면서 누워 있고 그 옆에서 아내는 집안일을 척척 해나가는 광경을 언제나 보게 될 것이다. 이 평화스러운 가정도, 처음에 두 사람을 맺어준 예술에 대해서 어느 한 쪽이 정열을 잃게 되면 파탄의 위기를 맞게 된다.

섹스도 여성상위로서 아내가 남편을 애무하며 팔을 걷어붙이고 앞장서서 유도하고 가르치면서 흥분시켜 나가게 된다.

개띠의 남성과 뱀띠의 여성

♡

어느 쪽도 평화적이어서 남을 밀어 떨어뜨리고라도 출세하고자 하는 야심과 의욕 따위는 없으며 절대 무리를 하지 않는 두 사람이다.

남이 신용해 주면 그 신뢰감에 응하고자 하는 점, 돈 모으는 재주가 보사라는 점, 시간 여유가 있는 직업을 좋아하는 점 등등, 공통점이 많이 있는데 그것이 도리어 결혼이라든가 공동으로 일을 하는 경우 마이너스가 되는 듯하다.

개띠가 폼만 잡고 무엇이 된 양 한다거나, 뱀띠가 현실적인 곳에서 한 발짝도 나가지 않으며 제자리 걸음만 하는 것도 마음을 멀리하는 데 한 원인이 된다.

밖에서는 무골호인인 뱀띠의 여성은 가정 안에 들어오면 자기 멋대로 고집을 부리기 쉽다. 또 개띠의 남성은 게으름을 피고 싶은 생각이 살살 고개를 들게 되는 듯하다. 두 사람이 결혼 생활을 유지해 나가기 위해서는 남편은 아내의 강한 인내심과 사물을 실제적으로 파악하는 사고방식을, 그리고 아내는 남편의 사교성이라든가 협조성을 서로 존중할 일이다. 서로가 자신에게 부족되는 점을 이해해 나간다면 좋은 결과가 생겨날 것이다.

성생활은 그다지 딱 들어맞는다고는 할 수 없다. 정력적이고 강력한 성감(性感)은 있지만 육체적 만족밖에 요구하지 않는 뱀띠의 아내와 육욕(肉慾)과 동시에 감각적인 자극을 바라는 개띠의 남편과는 미묘한 틈새가 생겨난다. 남성에게는 체력이 부족되는 면이 있다.

개띠의 남성과 말띠의 여성

♡

쌍방 모두 오행삼합 상 화성(火性)에 속해 있으므로 잘 맞는 커플이다. 두뇌 회전이 빠른 지적(知的)인 여성과, 밸런스 잡힌 신경의 소유자이고 부드러운 남성과는 만나는 순간부터 의기가 투합될 것이다.

연극·영화·문학 등, 감각적이고 예술적인 센스에 넘치는 두 사람에게는 미술관이라든가 거리의 작은 화랑이 데이트의 만남 장소가 될 것이고—.

행선지와 식사를 무엇으로 할 것인가를 정하는 것은 무슨 일이든 척척 해내는 말띠 여성의 몫이다. 개띠의 남성은 언제나 조용히 상대방을 바라보며 예의 바르게 그녀의 결심을 기다리고 있다.

결혼한 후에는 말띠의 아내는 집안에 틀어박

혀 있기를 싫어한다. 원만한 가정을 만들기 위해 노력은 하지만 가정과 직업을 양립시키고자 하는 나머지 주부로서는 실격을 당할는지도 모른다. 개띠의 남편은 자진하여 적극적으로 움직이려고 하지 않는다. 한 끼니 정도는 건너 뛰더라도 상관 없다며 쿨쿨 자는 일도 있을 것이다. 아내로서는 아무리 가사가 부담되더라도 그러는 남편에게 도와줄 것을 기대하지 않는 편이 현명하다.

성생활은 감미로워진다. 동물적인 것이나 감각적인 자극을 구하여 여러 가지 기교를 즐기기 때문이다. 두 사람 모두 바람기가 좀 있고 놀기를 좋아하는 데 그것이 서로에게 좋은 자극제가 된 것이다.

개띠의 남성과
양띠의 여성

♡

아무리 애써도 잘 안 맞는 두 사람이다. 예컨대 서울랜드에 가서도 순번이 오기까지 두 시간이나 기다려야 한다는 것을 알게 되면 게으름뱅이인 개띠인 남성은 그게 싫어서 돌아가자고 할 것이고, 양띠의 여성은 그 두 시간 동안 다른 것을 하며 놀자고 무리하게 붙잡을 것이다. 또 그녀는 인정이 많은 까닭에 친구가 난처한 입장에 있는 것을 보면 구해 주기 위해 발벗고 나서는 의협의 여성인데, 그는 그것을 여자의 히스테리라며 일축하고 만다. 그런데다가 누구에게나 상냥한 그가 그녀에게만은 차디찬 인간으로 비치고 만다.

서로 나쁜 상성임을 알고도 함께 살려고 하면 우선 남성은 확고한 직업을 가지고 있으면서 여성의 신뢰를 얻을 일이다. 또 개띠의 남성은 응석반이와 같은 면이 있으므로 여성 쪽에서 엄마의 역할을 해주는 것도 좋다.

성생활에 있어서는 큰 문제는 없지만 두 사람 모두 마음만 조급할 뿐 정력이 따라주지 않는다. 환희를 더하기 위해서는 애무의 테크닉을 가급적 많이 습득하되 자극이 있게 하고 살갗을 민감하게 하도록 노력할 일이다.

개띠의 남성과 원숭이띠의 여성

♡

조용하고 예술적인 카페에서, 호화로운 꿈에 가득한 나이트클럽에서 귀부인과 기사(騎士) 같은 두 사람의 모습을 자주 보게 된다.

로맨티스트인 원숭이띠에게 있어 개띠의 예술적인 분위기는 더없는 매력이다. 또 악착같이 살아가는 것이 싫은 개띠에게는 원숭이띠의 개방적이고 매사에 구애받을 줄 모르는 성격이 실로 믿음직하게 비친다. 우아하고 예의바른 남성에게 이끌리어, 귀족적인 긍지를 가지고 살아가는 여성은 크게 만족할 것이다.

결혼생활에 들어가면 남편은 조화가 잡힌 밝은 가정을 구축해 나가고자 하며 아내도 협력을 잘 해나간다. 물질적인 욕망은 아내 쪽이 강하며 허영심도 있는데 작은 일에 구애받지 아니하고 무드 조성을 잘 해나가는 주부가 된다.

남편은 가족 전원에게 공평함과 은혜를 베풀며 자상한 남편, 좋은 아빠가 될 것이다. 친구를 집에 데려오기 좋아하므로 언제나 왁자지껄한 웃음소리가 끊이지 않는다.

성생활은 두 사람 모두 무드파로서 남편은 아내의 유혹을 기다리는 경향이 있다. 아내 쪽이 기교도 체력도 뛰어나다.

원숭이띠의 여성은 다소 호색가이며 질투심도 강한 까닭에 남편보다 아내의 바람기를 경계해야겠다.

개띠의 남성과 닭띠의 여성

♡

실제적이고 계산이 빨라서 어디까지나 생활에 밀착한 부분에 흥미를 가지는 닭띠의 여성이다. 이에 비하여 개띠의 남성은 이상가(理想家)이며 너무나 현실적으로 치우치는 문제에 대해서는 흥미를 가지지 아니한다. 이처럼 정반대인 두 사람이 잘 어울려나가고자 하는 것은 무리이다.

직장에서도 개띠의 남성은 비교적 여기저기 움직여 다니지 않아도 되는 포스트에 적합하지만, 닭띠의 여성은 통계·분석·타이프 등 실무에 바쁜 포지션에 어울린다. 그러므로 예술적인 일이라든가 취미에서 공통의 장(場)을 찾아낼 필요가 있다.

결혼생활에서도 역시 개띠의 이상론(理想論)과 닭띠의 실리성이 맞부딪친다. 아내에게는 남편의 태도가 고리타분하게 밖에 보이지 않으며 언제나 말뿐이고 실천이 따르지 않는 기획에 짜증을 낸다. 그런 아내는 자신이 좋아하는 취미 활동에서 삶의 보람을 찾는 것이 좋을 것이다. 남편은 남편대로, 동네 소문이라든가 저금잔고, 물가인상 등에 관심이 곤두서 있는 아내에게 경멸의 눈길을 보낸다. 섹스도 극히 평범한 것 같다.

아내는 무엇보다도 남편의 마음속에 살벌한 현대가 잊고 있는 꿈이 있음을 찾아내고 그것을 소중히 할 일이다. 또, 남편도 꿈만으로는 이 세상을 살아나갈 수 없다는 것을 인식해야겠다. 이렇게 하지 않고는 이 두 사람의 협조는 바랄 수가 없다.

개띠의 남성과
개띠의 여성

♡

새삼스럽게 '사랑해요' 라는 등의 말을 하지 않더라도 잘 통하는 두 사람이다. 단, 두 사람 모두 피동형이어서 스스로 자진하여 프로포즈하는 일이 없다.

톡 치면 떨어지는 봉신화씨와 같나든가 유혹하면 따라올 듯한 제스처를 보였다고 해서 그것으로 여성이 모든 것을 다 허락했다고 생각하는 것은 큰 착각이다. 개띠의 여성은 남성의 강인한 정열을 받고 싶다는 욕망이 누구보다 강한 것 같다. 따라서 남성은 지나치다고 생각될 정도로 강력하게 밀어붙이지 않으면 다른 남자에게 사랑하는 여성을 빼앗길는지도 모른다.

두 사람 모두 밝고 아름답고 조용한 환경을 좋아하므로 전람회라든가 영화관 등은 두 사람의 무드를 크게 끌어올려 준다. 약속 시간이나 장소, 메뉴의 선택 등 모두를 남성이 리드하면서 척척 결정해 나가지 않으면 식사 한 번 하는데도 많은 시간이 걸린다.

이 두 사람이 평화롭고 즐거운 가정을 꾸려나갈 것은 틀림없다. 친구들의 방문도 많고 해서 화려한 분위기 속에 싸인 가정이 된다.

마조히즘적 경향이 있는 두 사람의 성생활은 아내 쪽에서는 불만스런 것이 되는 것 같다. 감각적인 자극을 풍부하게 받아들이고 여러 가지 기교로 만족시켜 주지 않으면 애써 맺은 두 사람의 사이에 금이 갈 위험이 있다.

개띠의 남성과 돼지띠의 여성

♡

결혼을 하고 나서야 비로소 서로의 매력을 깨닫는 커플이다.

외출할 때면 언제나 정해진 복장을 빈틈없이 차려 입은 남편의 센스에 아내는 경탄을 금치 못하며, 어디에 나서도 주위의 시선을 끌고야 마는 멋쟁이의 매력에 은밀히 자랑스러움을 느낀다. 한편 뱉어낸 말에 대해서는 끝까지 책임을 지는 아내에게서 남편은 신뢰감을 가지며 자기가 집을 비우는 동안 가정을 지켜줄 것이라며 안심을 한다.

그러나 결혼하기까지의 과정은 상당히 다난(多難)하다. 교제할 때는 즐겁고 멋진 그였지만 막상 결혼을 하게 되면 전혀 열정을 보이지 않는다. 여성 쪽에서 억지춘향격으로 매달리지 않는 이상 흥미를 일으키지 않는다.

직장이라든가 하는 일에 있어서는 만사를 태평하게 처리하는 남편을 떠밀어주는 것도 아내이고, 남편의 친구·지기(知己)·상사(上司) 등에게 선물을 보내는 등 아내가 애쓰는 내조의 공이 있어야 한다.

그러나 개띠의 남성은 여자를 좋아하여 바람을 잘 피며, 돼지띠의 여성은 앞뒤를 가리지 않고 나서게 된다. 그 결과 뜻밖의 파국이 찾아올는지도 모른다.

개띠의 남성은 정력면에서 돼지띠 여성에게 뒤진다. 그러므로 부부가 원만해지려면 기교의 연구를 게을리하지 말 것이며, 한 가지를 터득했다면 곧 시도하여 서로 환희를 느낄 일이다.

개띠의 남성과 쥐띠의 여성

♡

정적(靜的)인 남성과 동적(動的)인 여성이다. 남녀 모두 인생에서의 이상(理想)을 내세우며 추악한 다툼을 미워하고 우애를 중시한다. 남녀의 결합도 결코 동물적인 육욕(肉慾)에서가 아니라 성별(性別)을 초월한 우정과 이상(理想)에 대한 공감에 의해서 이루어진다.

이런 두 사람이 가정을 이루게 되면 아내는 가정 부인으로서 집안에 틀어박혀 있지만은 못한다. 직업과 주부의 자리를 양립시켜 나갈 것이다. 아내는 외출하기 좋아하여 남편이 가정 안에 있는 경우가 많아지겠는데 자기 방안에 틀어박히어 유유히 일하기를 좋아하는 개띠에게는 도리어 그러는 것이 편하다. 그리고 잔뜩 지쳐서 들어오는 아내를 위로해주며, 얘기를 들어주는 상대가 되어 주고 훌륭한 어드바이서가 되어

준다.

서로 상대를 구속하려는 생각은 하지 않으므로 서로 엇갈리는 변칙적 생활 속에서도 밸런스를 잘 잡아 나간다.

성생활은 분방하고 정열적인 아내의 대담한 자태에 기뻐하면서도 남편은 자신의 정력부족을 통감할 것이다. 그러나 감각적인 정욕에는 강한 개띠인 까닭에 기교로 정력부족을 충분히 보완해 나갈 수 있을 것이다.

개띠의 남성과 소띠의 여성

♡

회사나 동창회 등에서 언제나 양증인 분위기를 만들어내는 남성과 수수하며 고독을 좋아하는 여성과는 그다지 간단하게 교제가 될 리 없다.

이론가이자 낙천가인 남성은 무엇보다도 작은 일에 구애받는 것을 싫어한다. 한편 여성 쪽은 신중하고 실제적이므로 이 세상에서 가장 중요한 것은 노력하는 것이라고 믿고 있다. 비록 이 두 사람이 가정을 이룬다 하더라도 항상 분열할 가능성을 안고 있다.

소띠의 아내에게는 실현시킬 수 없는 계획만 세우고 기뻐하는 남편이 게으르게 보일 것이고, 애들과 같은 몽상가로 밖에 비쳐지지 않는다. 개띠의 남편은 물가고라든가 얇은 월급봉투만을 불평해대는 아내가 음침하고 꿈이 없으며 욕심쟁이라고 단정해 버린다.

성생활에 있어서도 그다지 조화를 이룬다고 말할 수 없다. 침실의 무드 조성은 필요치 않다고 생각하는 아내는 여성의 매력을 차츰 잃어가며 분위기에 따라 감정이 고조되는 남편을 실망시키게 된다.

이 두 사람이 잘 이루어 나가고자 하면 상당한 노력이 필요할 것이다. 협조의 가능성을 찾아내기 위해서는 남편은 아내의 고난 속에서도 견디어내는 그 꿋꿋한 힘과, 그리고 정신과 물질을 융합시키는 지혜를 존중할 일이다. 아내는 남편의 낙천성을 받아들이고 항상 자신을 아름답게 꾸미도록 마음을 써야 하고—.

개띠의 남성과 범띠의 여성

♡

두 사람만의 사랑을 소중하게 키워나가는 부드러운 남편, 비록 내 자식이라 하더라도 선(善)은 선이고 악(惡)은 악이라며 객관시할 줄 아는 아내, 이 두 사람은 틀림없이 생애의 좋은 반려자로서 서로 손을 마주잡고 좋은 가정을 꾸려나갈 것이다.

어느 쪽도 우정이 두터우며 이 세상 속의 아름다움과 추함을 구별할 줄 아는 지혜를 갖추고 있다. 그런 두 사람인 만큼 주변 사람들도 그들의 사랑을 축복하며, 연애로부터 교제, 결혼에 이르기까지 기꺼이 교량 역할을 해준다.

결혼생활도 장미빛으로 화려하게 빛난다. 이지적이고 현명한 생활 설계자인 아내는 남편에게 모든 것을 맡기고, 남편은 사랑하는 아내, 귀여운 자녀들을 위해 열심히 일하게 될 것이다.

그런 남편의 기분을 이해한 아내는 때로는 연인처럼, 때로는 친구처럼 관대한 사랑을 계속 느끼게 된다. 두 사람의 부부관계는 원만한데 부부생활뿐 아니라 함께 일을 해도 잘해 나갈 것이다.

단, 쌍방 모두 이상이라든가 꿈만을 너무 추구하기 때문에 장래의 생활설계에 마음을 빼앗겨 현실적으로 저축을 소홀히 하는 경향이 있다.

밤에는 감각적인 애무와 위로해주고 싶은 마음이, 육체적인 섹스를 물리치고 고상한 사랑으로 승화시키는 두 사람이다.

개띠의 남성과 토끼띠의 여성

♡

성격은 상당히 다르지만 서로 그 점을 잘 이해하여 잘 맞춰나가는 커플이다.

밸런스의 띠인 개띠가 공정한 판단력과 이지(理知)와 정(情)에 치우치지 않는 성품인데 비하여, 오행삼합 상 목성(木性)인 토끼띠는 요동하는 정감(情感)과 인스피레이션 그 자체이다. 외견으로는 사교적이고 온순하게 보이는 개띠가 마음 속에는 그 무엇에도 만족할 수 없는 탐욕스러움을 갖고 있다는 것을 토끼띠의 직감으로 재빠르게 감득(感得)하고 있다.

또 나긋나긋하고 세상 물정을 잘 모르는 토끼띠가 실로 히스테릭함과 혼란한 사고(思考)의 소유자임을, 개띠는 객관적으로 포착하여 잘 처리해 나간다.

결혼을 하면 평화적이고 밝은 가정을 원하는

남편에게 고분고분하고 헌신적인 아내가 된다. 두 사람 모두 이성(異性)에 관심을 가지기 쉬우며 유혹도 많겠지만 그것이 도리어 두 사람의 침대 생활에 자극을 주어 권태감에 빠지는 것을 막는다.

개띠의 남성에게 있어 성행위란 정욕을 예술로까지 끌어올리는 드라마틱한 연기이다. 다채로운 체위와 포즈뿐만 아니라 뜨거운 사랑의 말이 튀어나온다. 그것이 아내의 강력한 마조히즘적인 즐거움과 일치되어 인도(印度)의 고대조각처럼 대담한 관능(官能)의 세계를 만들어낼 것이다.

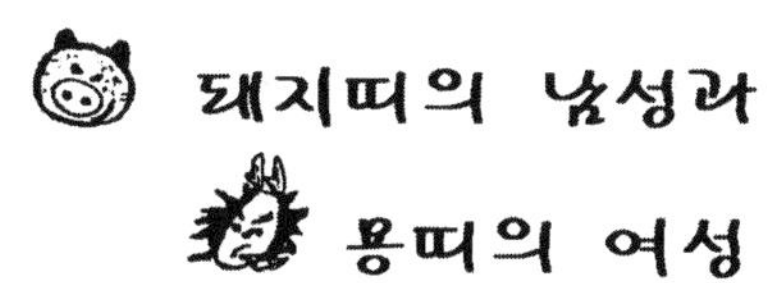

♡

커다란 난관이 기다리고 있는 커플이다.

용띠의 여성에게는, 해변에 나가면 금방 그에게 몸을 맡기지 않으면 직성이 안 풀리는 발랄한 행동력이 있다. 그러나 돼지띠의 남성에게는 모래밭에 앉아서 깊이 생각을 하는 우울한 분위기가 따라다닌다. 대나무를 쪼개는 것처럼 날카롭게 선악(善惡)의 판별을 하지 않으면 견디지를 못하는 여성에게는 그늘진 남성에게서 호감을 느끼지 못하며, 남성 쪽에서는 여성의 독선에서 증오심을 느끼게 되는 식이어서 서로 나쁜 면만 표면에 나타나고 만다.

질투심이 강한 돼지띠의 남편은 젊은 외견(外見)의 아내를 둘러싼 남자들을 의심하며 외출을 허락하지 않은 경우가 있다. 그러나 아내는 당연한 일이라며 남편의 구속에서 벗어나 밖으로 나간다.

결혼을 해서 살다가 결국에는 헤어져 남남이 된, 프랑스 영화계에서 활약했던 알랑 드롱과 나타리 드롱도 이 성좌의 커플이었던 까닭에 파국을 맞게 된 것이다. 서로 동정하고 위로하다가 맺어지는 케이스가 많은데 맺어진 다음에도 그런 마음을 계속 갖는다면 이 커플도 잘 이루어나갈 수 있다.

남녀 공히 격렬한 성욕의 소유자이므로 침대 속에서의 싸움은 육탄공격형인 처절한 투쟁이 될 것이다.

돼지띠의 남성과 뱀띠의 여성

♡

동성간(同性間)에는 흉한 상성인데 이성간에서의 이 커플은 길한 상성이다.

분수가 뿜어나오는 조용한 공원이라든가 근교의 전원에서 사이좋게 어깨를 기대고 있는 두 사람의 모습이 눈에 보이는 듯하다. 남성은 비록 말재주는 신통치 않지만, 그곳에서 자기가 장래 남편으로서 얼마나 믿음직한 사람인지를 필사적으로 설명할 것이고, 이윽고는 두 사람의 정감(情感)이 아무런 장해도 받지 않으며 융합되어가는 것을 서로 확인하게 될 것이다.

수다스러운 것을 싫어하는 돼지띠로서는 뱀띠 여성의 순수하고 애교있는 태도가 매력적으로 생각되는 것이다. 또 참을성이 있고 주의깊은 뱀띠의 여성은, 마찬가지로 신중함과 인내력을 가진 남성이 도리어 믿음직하게 비친다.

두 사람은 데이트할 때부터 서로가 서로에게 생애의 좋은 반려자를 얻었다는 기쁨에 빠지게 될 것이다.

정숙하고 다소 자기 멋대로 구는 귀여운 아내, 남성적인 믿음직함이 있는데다가 깊은 정감(**情感**)을 주는 남편, 누가 보더라도 조용하고 충실한 가정생활이다.

침대 속의 생활도 강렬한 육욕과 정력적인 육체가 서로 맞부딪쳐서 상당히 격해진다.

단, 쌍방 모두 고집이 세기 때문에 싸움을 하면 오래 지속된다. 두 사람 모두 질투심이 강한 것이 결점이므로 이 점에 주의하면 이상적인 가정생활이 이어질 것이다.

돼지띠의 남성과 말띠의 여성

♡

말수가 적지만 한 번 입을 열면 통렬한 비아냥을 토해내는 돼지띠, 잠자코 있는 것이 싫어서 항상 경쾌하고 멋지게 말을 하는 말띠이므로 어느 한 쪽이 양보하지 않는 한 두 사람은 이가 빠진 톱니바퀴처럼 잘 안 맞는다. 여성 쪽에서 보면 돼지띠의 남성은 아무래도 음험하여 다루기 어려운 존재일 것이며, 남성에게 있어 말띠의 여성은 참을 수 없을 만큼 경박한 수다쟁이로 보이게 될 것이다.

이 커플은 결혼을 하면 성실하고도 조용한 가정생활을 원하는 남편은, 아내의 잔소리와 변덕에 고민하게 될 것이다.

한편 변화를 구하는 본성이라든가 교제하기를 좋아하는 성격을 가진 아내는 평범하고 단조로운 주부의 자리에 싫증을 느끼는 나머지, 말수가 적은 남편을 상대하기보다 동네 부인네들과의 대화를 하기 위해 외출하는 데 신경을 쓸 것이다. 이럴 때 자신의 주위에 있는 플레이보이가 젊다고 칭찬을 한다든가 유혹을 하면 바람기가 살살 고개를 들기 시작한다.

시의심과 질투심이 강한 남편은 금방 그런 아내의 변화를 눈치채게 된다. 그러나 이 질투심이야말로 남편의 깊은 애정의 바로미터인 것이다.

성생활에 있어서도 남편의 질투심이 가학성(加虐性)으로 변화되는 수가 있으며 아내의 체력을 초월한 격정이 있다.

돼지띠의 남성과 양띠의 여성

♡

아주 잘 어울리는 상성이다. 깊은 통찰력과 용기를 갖춘 돼지띠의 남성은 동시에 깊은 정감(情感)과 격렬한 정열의 소유자인 양띠의 여성과는 무언 중에 이끌리게 된다. 더구나 이 두 사람은 순진한 사이끼리의 만남보다 다정하기에 범했던 모종(某從)의 과거라든가 시행착오의 경험을 가진 사람끼리인 편이 보다 잘 이루어진다는 불가사의한 운명을 안고 있다.

영국의 찰스 왕세자와 비운의 최후를 마친 다이애나 전 세자비는 이 커플이다. 이 로얄 커플에는 갖가지 화제가 무성했는데 그것은 띠의 장난이 있기 때문이다.

이 커플의 결혼생활은 그런 대로 원만한 편이다. 돼지띠인 남편의 늠름한 비호하에 양띠의 아내는 집안을 착실히 지킨다. 요리도 썩 잘하며 재주가 많은 아내는 여가가 있으면 자수를 한다든가 수제(手製) 장식으로 아름답게 꾸민 방에서 일에 지친 남편의 마음을 풀어줄 것이다. 또 양띠의 아내는 다산(多産)이므로 정력적인 남편과의 사이에 아이들을 많이 낳고 그 교육에 열중한다.

정감(情感)이 풍부한 성좌(星座)끼리이므로 밤중의 생활도 농후하고 무드가 있다. 단 감수성이 풍부한 반면 담백한 아내는 낮부터 자신을 요구하는 남편의 탐욕성에 어디까지 응해야 할지가 문제이다. 또 여성 이상으로 강한 남편의 질투심에도 주의를 요한다.

돼지띠의 남성과 원숭이띠의 여성

♡

아주 좋지 않은 상성이다. 파티 장소 등에서 언제나 사람들의 중심에 있으면서 큰 제스처로 모든 사람을 매료시키고 있는 원숭이띠의 여성에 비하여, 돼지띠의 남성은 웅성대는 사람들 가장자리에서 혼자 떨어져 있으며 조용히 술잔을 기울이는 타입이다.

여성은 이 특이한 사나이에게 이끌려 결혼을 할는지도 모른다. 그러나 동네 부인들의 시선만 의식하면서 외출할 때마다 옷을 바꿔 입는 여성에게 남성은 견딜 수가 없다. 그러나 기묘하게도 고집이 세다는 점에서는 남녀가 일치하여 절대로 고개를 숙이는 일이 없다. 또 자신의 패배를 인정하고 싶지 않아서 이혼에까지는 이르지 않는다.

단, 여성은 외출을 반쯤 줄이고 한 번이라도

남편에게 사과하는 도량이 있다면 두 사람의 관계는 상당히 스무드하게 될 것이다.

혹은 남편이 아내에게서 자기에게는 없는 화려함과 생활 속에서의 낭만을 발견하고 그런 점을 부러워하게 된다면 부부 사이는 평안해진다.

성생활에서는 아내가 아무래도 도에 넘치는 것이 신경에 거슬린다. 투명한 잠옷을 입는다든가 향수를 듬뿍 바르고 침대에 들어가는 것은 남편의 기분을 상하게 할 뿐 아무 효과도 없다는 것을 일찌감치 깨달을 일이다.

돼지띠의 남성과 닭띠의 여성

♡

쌍방 모두 실직(實直)한 생활태도를 유지해 나가며 차츰 호감을 가지게 된다. 두 사람 모두 외견상으로 좋은 점만 보고는 상대방의 마음속으로 뛰어드는 일이 없다. 서로가 서로에서 자기와 똑같은 점을 인성하고 서로 이해할 때에 이끌린다.

화려하고 아름다운 분위기를 피하는 데이트는 서로가 서로를 한층 더 이해하는 데 도움이 될 것이다. 조용한 다방이나 도서관, 서점 등에서 기다리다가 만나서 조용히 대화한다든가 또는 산행(山行), 야행(野行) 등 즐거운 계획을 세우며 추억거리를 만든다.

결혼생활은 착실한 두 사람인 만큼 견실하고 평온하게 된다. 아내는 면밀한 계획하에 가계(家計)를 꾸려 나가는데 단돈 10원도 낭비하지 않으면서 저축을 늘여나갈 것이다. 남편 또한 아내 한 사람만을 소중히 생각하며 하는 일에 열중한다.

단, 돼지띠의 남성은 다소 질투심이 많고, 말수가 적으므로 가급적 싸움은 말로 하고 거창하게 하는 것이 좋다. 아내는 사소한 일로 잔소리를 하면 안된다.

밤에는 남편의 정력적인 욕구를 내장(內臟)이 약한 아내는 받아들이지 못할는지도 모른다. 창의적(創意的)인 연구가 필요하다.

 돼지띠의 남성과 개띠의 여성

♡

그다지 공감을 불러 일으키지 못하는 커플인데 언제나 서로 신경쓰이는 상대이기도 하다. 밝은 분위기를 좋아하는 개띠의 여성에게 있어 돼지띠의 남성은 어딘가 음침하고 속을 알 수가 없는 점을 지닌 인물이다. 애정도 그다지 깊지 않건만 꿈속에서 당할 때면 언제나 그 상대가 이 남성이므로 아무래도 신경이 쓰이게 된다는 케이스가 종종 있다.

이 커플의 경우 분명 여성은 돼지띠의 남성에게서 무의식적으로 성적 매력을 느끼고 있다. 남성도 논의(論議)하기를 좋아하는 개띠 여성 특유의 건방진 면을 보면 애정이 있건 없건간에 정복하고 싶다는 욕망이 강하게 일어난다.

그런 관계가 무르익어서 서로 잘 이루어나가지 않으면 안되는 시점이 되면, 돼지띠의 남성은 결코 야비한 말이라든가 난폭한 행동은 하지 말 일이다.

개띠의 여성은 자존심이 강하여 자기가 경시 당하고 있음을 알게 되면 마음도 몸도 굳게 닫아 버린다. 여성은 남성의 깊은 질투심에 신경을 써야 한다.

섹스의 상성은 상당히 좋은 편이다. 뛰어난 정력을 가진 남성의 욕망을 여성은 충분히 만족시켜 줄 수 있다. 단, 그러기 위해서는 남성이 더욱 그 정열의 고조를 말로 표현할 필요가 있다.

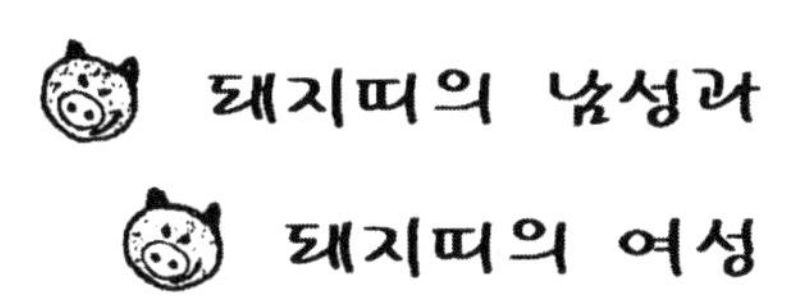

돼지띠의 남성과 돼지띠의 여성

♡

결코 맞지 않는 사이는 아니지만 아무래도 처음에는 금방 이끌리기 어려운 것 같다. 두 사람 모두 좋은 일에 대해서는 웅변이 되지만 그렇지 않으면 언제까지나 잠자코 있을 뿐 자신의 마음을 나타내지 않는다.

그러나 일단 무언가 공통 목표와 취미를 상대방에게서 발견을 하면 그 순간 급속하게 관계가 깊어진다. 결국에는 비슷한 사람들끼리이므로 어느 쪽이나 상대방 속에서 자신을 발견하고 친근감을 찾아내는 것이다.

단, 닮은 두 사람인 까닭에 지나칠 만큼 멋대로 굴면 바닥이 보이게 되고 매력도 반감(半減)된다. 아무리 의기투합하더라도 혼전교섭만은 피하는 편이 좋을 것이다. 서로에게서 무엇인가 아직 미지(未知)의 것을 남겨두지 않으면 도리어 싫증을 느끼게 된다.

결혼을 하면 가정생활은 견실(堅實), 바로 그 것이다. 두 사람 모두 의지가 강하므로 재산도 잘 모아나간다. 결점은 쌍방 모두 질투심이 강하고 고집이 세다는 것이다. 신경전을 벌이는 싸움은 하지 말아야 한다. 부득이 해서 그런 싸움을 했다면 밤의 생활을 최대한으로 이용해서 화해하는 것이 좋다.

두 사람 모두 대단한 정력의 소유자로서 상대방에게 부족감을 주지 않는다. 지옥의 끝과 같이 어둡고 격렬한 환희가 계속될 것이다.

돼지띠의 남성과 쥐띠의 여성

♡

꽤나 극기심이 강한 인물이 아닌 이상 잘 이루어져 나가기 어려운 커플이다. 자유를 사랑하고 분방하며 개방적인 생활방법을 좋아하는 여성에 비해서, 남성은 도리어 음성적이고 날카로운 관찰력과 인내력을 지니고 있는 대신 질투심이라든가 복수심이 강한 일면을 가지고 있다.

단 문학이나 스포츠 등, 같은 취미라든가 직업을 가지면 접근할 가능성은 더욱 크다.

돼지띠는 등산·마라톤 등 내구력을 요하는 스포츠, 투기(鬪技), 물과 관계되는 경기 등을 좋아하며, 쥐띠는 스피드 경기, 옥외 스포츠 등을 좋아하므로 좋아하는 경기가 갈리지만 공통점을 찾아내려고 애쓴다면 찾아낼 수도 있을 것이다.

가정에 들어오면 쥐띠의 아내는 툭하면 친정

에 가거나 친구 집을 방문하는 등, 집안에 붙어 있지를 않는다. 흐리멍텅하게 나가서는 귀가시간을 대지 못하곤 한다. 인내심이 강한 남편이 이런 짓을 어디까지 참아낼 수 있는지, 또는 아내가 남편의 참아주는 그 마음을 알아차리고 감사하다는 말을 하는지가 성패의 갈림길이 될 것이다.

돼지띠의 남성은 속으로 파고 들기 쉬운 자기 감정을, 밤이 된 다음 아내의 몸을 향해서 발산한다. 개방적인 쥐띠의 아내는, 이것을 오히려 희열의 표출로 받아들이므로 성생활은 의외로 잘 되어 가는 것 같다.

돼지띠의 남성과 소띠의 여성

♡

아주 잘 맞고 잘 어울리는 커플이다. 얼굴을 마주 대하는 순간 상대방 속에서 자기를 보고 있다는 착각이 일 것임에 틀림없다. 수수하면서도 견실한 인상에 믿음직함과 안심감을 느끼게 된다. 소음을 피하여 골목의 다방에서 은밀히 데이트를 하며 커피 한 잔씩 사 마시는 것도 추렴으로 돈을 낸다.

특히 소띠의 여성은 낭비를 하기 싫어하여 외식 따위는 결코 하자는 말을 안 할 것이다. 그러므로 신혼의 달콤한 생활은 기대할 수 없는데 신혼 첫날부터 아내는 가계부를 쓰기 시작하며 적금 붓는데 정력을 쏟는다.

남성의 매력은 눈에 집중되어 있다. 쓸데없는 말은 입 밖에 내는 일이 없는데 눈을 바라보면 그의 깊은 애정이 그대로 전해진다.

결점은 쌍방 모두 무엇을 깊이 생각하고는 완고해진다는 점이다. 프라이드의 높이에서도 두 사람은 도토리 키재기이다. 그러므로 어떤 문제가 발생되어라도 결코 상대방의 체면을 손상시키는 말을 해서는 안된다. 특히 의리를 상하게 한다든가 상대방 부모의 험담을 하는 것을 금물이다. 만약 충돌을 하게 되면 아내 쪽에서 휴전 쪽으로 유도할 일이다.

섹스는 그저 그 정도인데 아내가 조그만 더 귀찮게 생각하지 말고 침실의 커튼 색깔이라든가 잠옷에 신경을 쓰면서 무드를 조성하는 것이 좋겠다.

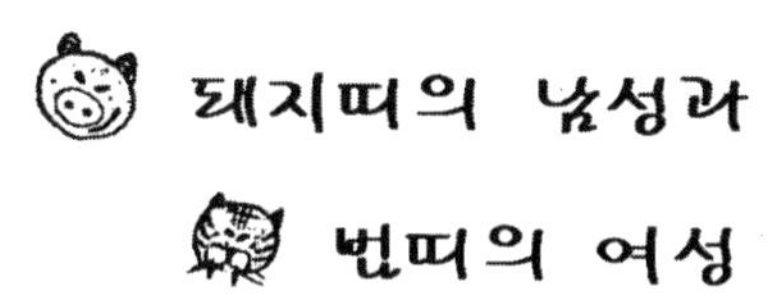

♡

데이트를 하는 경우 여성 쪽에서만 지껄여대고 남성은 입을 다물고 있는 커플로서 진전되기는 바라기 어렵다.

말수가 없고 음침한 성격인 돼지띠의 남성이, 이론가이고 변설가인 범띠의 여성에게 이해하라며 종용한다는 것은 무리한 주문이다. 한편 돼지띠의 남성은 수다스런 여성이 무엇보다도 싫기 때문에 도저히 상성이 안 맞는다. 그런데다가 더욱 나쁜 것은 양쪽 모두 고집이 세고 편굴되어 있으므로 일단 불쾌감을 느낀 다음 원상태로 돌아올 수 없다는 점을 공유하고 있다.

비록 결혼을 하더라도 조만간 서로 성격상의 부조화가 심각한 대립을 낳게 된다. 단, 어느 쪽이고 모두 정착성(定着性)이 강한 띠이므로 아무리 마음에 들지 않더라도 이혼으로까지는 몰고 가지 않고 냉전상태인 채 세월이 흘러 노부가 되기 시작했을 때에, 비로소 상호간에 이상한 인연임을 깨닫게 될 것이다.

성생활에서는 정력적이고 성욕이 강한 남편에 비하여 담백한 아내는 지적(**知的**)인 정감(**情感**)을 소중히 생각한다. 아내의 달콤한 속삭임도 남편의 귀에는 어리석은 말로 밖에 들리지 아니한다.

두 사람의 성생활은 근본적인 차이가 원인이어서 잘 안되므로 냉전으로 들어가기 쉬운데, 그 전에 공통적 취미를 가지도록 노력할 일이다. 예술적인 면이든 스포츠 쪽이든 아무 것이나 상관 없다.

돼지띠의 남성과
토끼띠의 여성

♡

대길(大吉)의 상성이다. 오행삼합 상 모두 목성(木性)이며 물을 좋아한다. 해볕에 탄 검고 늠름한 팔로 보트를 저으며, 또 강풍의 맞바람을 맞고 달리는 요트를 조종하는 남성에게서 토끼띠의 여성은 몸을 내맡기고 싶다는 욕망을 느끼게 된다. 촉촉한 피부와 부러질 것처럼 가느다란 허리는 돼지띠의 남성으로 하여금 껴안고 싶다는 욕망을 불러 일으키게 된다.

이 두 사람에게는 언어가 필요치 않다. 시끄러운 곳을 피하여 해변에 앉아 서로 몸을 기대고 있으면 두 사람의 사랑은 그대로 타오른다.

단, 언제나 꿈꾸는 것 같은 사랑에 혹해 있는 여성으로서는, 하는 일에 푹 빠져 있는 그가 원망스럽게 느껴질 때도 있을 것이다.

결혼을 하면 인테리어는 아내의 몫이 된다.

색채를 선별하여 촉촉한 정감(情感)을 띠도록 신경을 쓰게 될 것이다. 자기 집에 친구를 초대하더라도 아내가 모든 준비와 서비스를 하므로 남편은 느긋하게 앉아서 대화를 즐기므로 남에게서 신뢰감을 얻게 된다.

누구나 모두 부러워하는 이 커플에게 위기가 찾아온다면 그것은 아내가 다른 남성과 너무 친해져서 남편이 질투의 불꽃을 태우기 때문이다. 그러나 그것까지도 부부생활에 있어 자극이 되며 질투를 사디스틱한 욕망으로 바꾸는 남편에게 아내는 깊은 환희를 느끼며 푹 빠져들게 된다.

쥐띠의 남성과 용띠의 여성

♡

대길(大吉)한 상성이다. 쌍방 모두 오행삼합상 수성(水性)의 정열을 품고, 하는 일에나 사랑에나 모두 격렬한 불길을 태우는 사이이다.

용띠의 여성은 일에 열중하는 남성에게 아주 강렬히 이끌리므로 목적을 향하여 마치 화살처럼 돌진하고, 사랑하는 사람조차 돌아볼 겨를이 없는 남성의 모습에서 견딜 수 없는 매력을 느끼게 된다. 한편 한여름의 태양처럼 격렬함을 요구하는 쥐띠의 남성은 용띠 여성의 기질적으로 풍부한 총명성과 활동력에 강한 매력을 느끼는 것이다.

단, 속박을 싫어하며 넓은 세계로 달려 나가는 쥐띠는 방랑의 연인(戀人)이다. 오늘은 집에 있는가 하면 내일은 이미 아프리카의 오지로 달려가 버린다. 그러므로 데이트도 한 순간 한 순간을 소중하게 하며 격렬하게 불타오른다.

가정에 들어와서도 이 습성은 변하지 않는다. 한 번 나간 남편의 행선지라든가 귀가시간은 아내로서도 알 수가 없을 것이다. 그래도 아내는 스피드하게 가사를 돌보며 자녀를 지킨다. 또 살림을 하면서도 틈틈이 야외 스포츠를 즐기는 남편을 따라 골프장이나 경마장으로 달려간다.

성생활도 조화를 이루어 나간다. 자진해서 적극적인 자태를 보이는 정열적인 아내에게 남편도 방종한 욕망으로 응답해 온다. 기교 역시 소극적이 아니다. 몸 전체의 리듬감으로 만족을 주게 될 것이다.

쥐띠의 남성과 뱀띠의 여성

♡

조화되지 않는 커플로서 장래가 걱정된다. 고속도로를 달리다가 남의 차에게 추월을 당하면 무작정 스피드를 내어 달려가고야마는 쥐띠의 남성은 뱀띠의 여성에게는 지나칠 만큼 자기 멋대로 굴어서 위험하기 짝이 없게 보인다.

생활에 있어서도 마찬가지여서 주식투기 등에 열중하다가 재산을 모두 날려 버리는 것도 이 띠의 남성이다. 그러나 언제든지 안전한 생활만을 생각하며 모험 따위를 좋아하지 않는 뱀띠의 여성은, 남성 쪽에서 볼 때 재산이라고는 조금도 없는 존재 밖에 안된다.

두 사람이 파탄이 없는 가정생활을 영위해 나가기 위해서는 남편은 직장, 아내는 가사라는 식으로 완전히 역할 분담을 하고 그것을 잘 지켜나가는 방법 외에는 없다. 아내는 남편의 귀가 등을 기다릴 것 없이 먼저 잠을 자는 태평스러움도 요구된다. 남편은 가계에 주름 잡히지 않을 정도의 수입은 확보해 두고 그 다음에는 자유롭게 행동할 일이다.

뱀띠의 여성은 다른 일이야 어찌되었건 정리정돈만은 기막히게 잘 하는 타입이어서 먼지 하나 남기지 않고 깨끗이 치우므로 남성의 입장에서는 훌륭한 주부로 평가해 줄 일이다.

섹스에 대해서는 평범하다. 매주 애정을 교환하는 요일을 정해 놓고 그 이상은 서로 요구하지 아니한다.

쥐띠의 남성과 말띠의 여성

♡

쌍방 모두 특정인(特定人) 한 사람에게만 관심을 집중시키지 못하고 항상 주변에 걸프렌드라든가 보이프렌드를 모아 놓고는 기뻐하는 것이 이 띠들의 특징이다. 그러나 서로 서로의 매력에는 강력하게 이끌리므로 그 매력을 잃지 않는 한 두 사람 사이도 순조롭게 발전할 것이다.

두 사람이 가정을 가지게 되면 아내도 직장에 나가든가 남편과 함께 친정살이를 하는 편이 좋을 것이다. 흐리터분하여 집을 나서면 언제 귀가할는지 모르는 남편을 혼자서 기다린다는 것은 외로움을 잘 타는 아내로서는 견디기 어려운 일이기 때문이다.

쥐띠의 남편이 국제적 직업을 가졌기 때문에 고독을 참아내지 못하던 말띠의 아내가 불륜의 드라마를 연륜하다가 파국을 맞았다는 예는 흔히 있는 일이다.

이 커플이 잘 어울려 살지 어떨지는 두 사람에게 어울리는 가정환경을 만드느냐 못 만드느냐에 달려 있다. 예를 들면 아내도 직업상으로 바쁘고, 집에서 따뜻하게 맞아주는 육친이 있다면, 성격상 안 맞는 두 사람을 위해 신선함을 유지시켜 주는 자극제가 된다.

이 커플의 성생활은 밤보다 낮에 타오른다. 남편의 기교와 정열은 절정에 오르는 것을 잘 알지 못하는 아내에게도 자아(自我)를 잊는 경지를 만들어 줄 것이니 말이다.

쥐띠의 남성과
양띠의 여성

♡

어려운 커플이다. 양띠의 여성이 이상(理想)으로 남성은 언제나 정해진 시간에 귀가하고 맥주를 마시면서 텔레비전으로 야구 시합을 구경하는 타입으로서 자녀들에게는 선물도 잊지 않는 바로 그런 남성이다.

그러나 쥐띠의 남성은 이것과는 정반대로 무뚝뚝하며 말수도 적고 '잠시 나갔다 올게' 라며 집을 나선 다음 밤새도록 들어오지 않는다든가, 자기 방을 어질러 놓아 엉망진창이다. 또 아내가 헤어스타일을 바꾸어도 무관심이고—. 손재주가 좋은 아내는 수예품으로 가정을 아름답게 꾸미는데 남편의 무관심 때문에 허탈해진다.

서로 맞지 아니하는 이런 성격이더라도 전화위복시킬 길은 있다. 즉 직업이라든가 목적 등을 하나로 연결시키면 된다. 그래서 하고 있는 일에 대한 이야기를 열심히 나누되 아내는 남편에게 뒤질세라 힘들여 일을 하면 사랑을 지켜나갈 수 있는 것이다.

양띠의 여성은 섹스면에서 아주 담백하여 매일 밤 요구하는 남성을 귀찮게 여기는데, 실은 남편 쪽이 과민한 탓이므로 그것에 맞추어가며 무리를 할 필요는 없다.

쥐띠의 남성과
원숭이띠의 여성

♡

쌍방 모두 오행삼합 상 수성(水性)이므로 관대하고 개방적인 정열을 비장하고 있는 두 사람은 주변 사람들이 부러워할 만큼 사이좋은 커플이 된다.

원숭이띠의 여성은 쥐띠의 남성에게서 웅대하고 야성적인 낭만의 향기를 느끼고, 또 목적을 위하여 전력투구해 나가는 상대방에게 끌리게 될 것이다. 남성은 여성에게서 천의무봉(天衣無縫)한 쾌활성을 발견하고 '내가 찾고 있었던 사람은 바로 이 여자야' 라며 마음속에 깊이 새길 것이고―.

남성은 바쁜 업무 스케줄 중에도 틈을 내어 여성과 데이트를 해나간다. 두 사람은 골프나 테니스를 치기도 하고 경마장에 가서 즐거운 한때를 보내기도 한다.

결혼을 해도 아내는 집을 잘 비우는 남편에게 원망 한 마디 하지 않고 가정은 잘 지켜 나가며 안정된 생활을 영위한다. 휴일에는 아내도 남편을 따라 여행·마작, 기타 여러 곳에 가서 함께 즐긴다. 부부 싸움을 해도 금방 풀어지고 만다. 곰상스럽게 굴지 않는 명랑한 가정이므로 사람들의 출입도 많고, 아내는 그때마다 손님 대접을 잘 할 것이다. 가정에서의 주권은 아내가 잡고 말 듯하다.

성생활은 격렬한 정열이 맞부딪치는데 그래도 조화가 잡힌다. 그 대신 시간은 짧은 편이다.

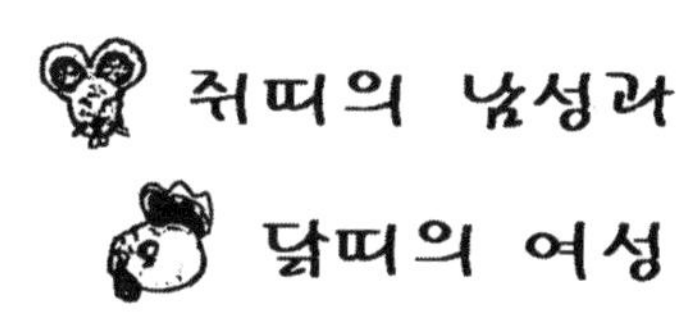

♡

아주 꼼꼼한 닭띠와 심히 떨떠름한 쥐띠이므로 상당히 어려운 커플이다.

예컨대 쥐띠인 영업사원과 닭띠인 사무원이 같은 회사에서 근무한다면, 영업사원이 나간 다음 연락이 안 취해지고 귀사시간도 알 수 없어서 옥신각신이 끊이지 않는다. 표면적으로는 사이가 좋은 것처럼 보이는 두 사람이지만, 닭띠는 견실하고 가정적인 남성을 생애의 반려자로 고를 것이고 쥐띠는 자신을 가정 안에 묶어 두지 않는 개방적인 여성을 대상으로 생각하기 때문에 결혼으로까지 진척되기는 어렵다.

결혼을 한다 하더라도 신혼의 단꿈이 깨기도 전부터 충돌이 시작될 것이다. 양말도 속옷도 한 번 신거나 입으면 그대로 걸치고 다니는 남편에게 깨끗한 것을 좋아하는 아내는 신경을 곤두세운다. 이것과는 반대로 10원짜리 하나도 계산을 하면서 쓰는 아내에 비하여 씀씀이가 헤픈 남편은 언제나 무시당하는 기분이 든다.

그러나 나중에 결국 감사하는 쪽은 남편이다. 아내도 남편의 사나이다운 점만을 보고 관용을 베풀어줄 필요가 있다.

성생활도 그다지 조화롭다고는 말할 수 없다. 대담하고 분방한 자태를 취하는 여성을 좋아하는 남편으로서는 언제까지나 부끄럼을 타는 아내가 새침데기처럼 보여서 불만스럽다.

쥐띠의 남성과 개띠의 여성

♡

능동적인 남성과 언제나 수동적인 입장에 있는 여성의 커플로서 아주 좋은 상성이다.

냉정하고 언제나 침착한 조화를 유지하고 있는 개띠의 여성에게서 쥐띠의 남성은 더 이상 없는 여성다움을 느낀다. 한편 개띠의 여성은 자유분방한 쥐띠의 남성에게서 남성적 매력을 발견한다.

목적을 향하여 화살처럼 나아가는 쥐띠의 특성으로, 망설이기를 잘 하는 개띠를 강력하게 자기 쪽으로 쏠리도록 할 것이다. 특히 두 사람이 공통된 직장이나 취미를 가지고 있는 경우에는 더욱 견고하게 맺어진다. 문제는 시간 관념이 모자라는 쥐띠가 약속 시간을 안 지킨다든가 자존심이 강한 개띠가 일부러 늦게 약속장소에 나타난다는 점이다.

결혼을 한 다음에 가정에 진득하게 붙어 있지를 못하는 쥐띠의 남성은 남편으로서 자격 실격이다. 나가면 그만이어서 귀가시간이 불규칙하다. 휴일에도 가정 서비스는 고사하고 골프다 낚시다 하여 놀러 돌아다닐 뿐 가정사에는 일체 신경을 쓰지 않는다.

그런 남편에 대하여 아내는 불평을 하면서도 자기 생활을 오로지 즐기고 있다. 아내가 이처럼 착실하게 가정을 지켜주기 때문에 남편은 대범하게 밖으로 나돌 수 있는 것이다.

밤의 생활은 관능적(官能的)이다. 정열적이고 기교에 뛰어난 남편에게 맞추어 아내는 어떤 체위(體位)도 싫어하지 않으며 따를 것이다.

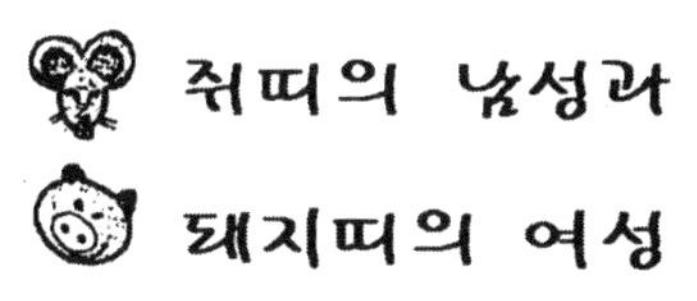

♡

조화되기 어려운 커플이다. 놀기를 좋아하는 남편은 한 번 집에서 나가면 도무지 돌아오지 않고 전화도 걸지 않는다. 친구와 마작이라도 하는 때는 즐겁게 놀다가 집에 돌아와서는 식어 빠진 밥에 손도 대지 않는 채 그대로 자 버린다. 혼자서 집을 지키는 아내는 시의심이 강한 성격이기 때문에 의혹이 깊어져서 되돌리기 어려운 단절을 만들고 만다.

결혼 직후에는 아내가 표출하는 분방한 성욕을 남편은 좋아하여 줄기차게 해대는 요구에 응하면서 날이 새는 것도 모르고 상호간에 환희를 즐기지만 그것도 시들해지고 권태감만이 남는다.

그러나 남편이 아내를 데리고 나가서 함께 야외 스포츠라도 즐긴다면 닫혀진 마음을 다시 열

수 있을 것이다. 1주일에 한 번쯤은 레스토랑에서 함께 식사를 하고 함께 일도 한 다음, 시간약속을 했다가 함께 귀가하는 것도 좋다. 또는 아내는 남편을 믿고 남편이 밖에서 하는 행동 일체에 대하여 알고 싶어하지 않는 것도 효과적일 것이다.

성생활에서는 불을 환하게 켜놓고 섹스하는 것을 좋아하는 남편인 반면, 어두운 곳을 좋아하는 아내인데, 아내가 양보하여 일치점을 찾아낼 필요가 있다.

특히 남편은 가급적 대화를 많이 하도록 신경쓸 일이다. 외면상으로만 좋은 체 하면서 내면적으로는 나쁘게 생각하는 것은 부부에게 위기를 가져다 준다.

쥐띠의 남성과
쥐띠의 여성

♡

마음이 딱 맞는 사이로서 친근감을 느끼는 커플이다.

이 두 사람에게 있어서는 결혼이라든가 가정은 그다지 중요한 것이 아니다. 비록 결혼을 하더라도 밖에서 즐기는 관계로 자기 집 침대에서보다 호텔의 침대를 애용하는 편이 즐겁다. 호텔 정문 앞에서 슬그머니 헤어져서 각각 다른 방향으로 걸어가더라도 결코 부자연스럽지 아니하다.

예능 관계라든가 매스커뮤니케이션 관계 등, 시간이 불규칙하며 눈부신 변화에 관계되는 직업에 종사하는 경우에는 특히 스무드하게 진행되어 갈 것이다.

쌍방 모두 구속을 무엇보다도 싫어하는 데다가 자신의 흥미 외에는 무관심한 까닭에, 공통

되는 화제나 취미를 갖는다든가 전혀 다른 친구와의 교류가 있는 편이 신선성을 서로 느끼게 된다.

그러나 쥐띠는 변덕스러운 성격도 있으므로 오래도록 만나지 않으면 잊어버릴 위험이 있다. 교제를 오래 지속시켜 나가는 비결은 만나는 기회를 많이 만들 일이다. 그러나 두 사람 모두 집착하지는 않는다. 싫증이 나면 그것으로 끝내지 하며 그다지 신경쓰지 아니한다.

섹스는 밤에 하는 것보다 낮에 하는 것이 좋을 것이다. 좁은 방안이라든가 창문이 없는 방안에서는 열을 올리지 못한다. 여행을 떠난 경우라면 고원(高原)에 있는 호텔을 선택하고 해방감에 젖으면서 서로 사랑해 볼 일이다.

쥐띠의 남성과 소띠의 여성

♡

대체적으로 상호간에 공명(共鳴)하지 않는 상성이다. 자신에게도 남에게도 엄격한 소띠의 여성에게는, 쥐띠 남성의 낙천성이 줏대 없이 보여서 더 이상 보아줄 수가 없다. 한편 취미마저도 실익과 연결시켜야 직성이 풀리는 소띠의 여성에게는 쥐띠는 아무래도 마음에 안 드는 상성이다. 꽃꽂이나 요리 등을 배우더라도 도중 하차하는 일 없이 철두철미하게 해야만 직성이 풀리는 소띠의 실리성은 아무래도 쥐띠의 변덕과는 맞을 리가 만무하다.

상대방에게서 어떤 이용가치를 발견하지 못하는 한 맺어진다는 것은 불가능할 것이다. 비록 어찌어찌하여 결혼을 한다 하더라도 남편의 흐리멍텅한 생활태도 때문에 결혼생활에는 파란이 일기 쉽다. 책임감이 강한 아내에게 있어, 친구

또는 동료들과 어울리면 전철 막차 시간도 모르는 채, 먹고 마시고 돌아다니다가 집으로 연락 한 번 안하는 남편의 무책임성은 언어도단일 수밖에 없다.

착실하게 공부를 하고 있는 아내 곁에서 갖가지 도락(道樂)을 즐기다가 싫증이 나면 멍청하게 텔레비전이나 바라보고 있는 남편에게 아내가 오히려 평화와 안태(安泰)를 느끼지 아니하는 한 협조는 불가능하다.

밤의 생활도 평범한 표준형이다. 때로는 두 사람이 여행을 한다든가 호텔을 이용하는 등의 연구도 신선미를 유지시켜 주는 한 가지 방법이 된다.

쥐띠의 남성과
범띠의 여성

♡

야성에 넘치는 쥐띠의 남성과 상대방을 우아하게 지켜보는 범띠의 여성은 아주 잘 어울리는 상성관계이다.

이해와 우애가 많은 범띠의 여성은 자유롭기를 탐하는 쥐띠의 남성을 속박하는 일 없이 도리어 배움에도 놀이에도 열중할 수 있도록 상대방을 칭찬해주기까지 한다. 또 쥐띠의 남성 쪽도 솔직하지만 무뚝뚝한 자기 이야기를 기꺼이 들어주는 상대방에게 호감을 가지게 된다.

두 사람의 데이트는 시끌시끌한 번화가를 피하여 대자연 속으로 들어가는 편이 서로의 정감을 한층 더 높이게 된다. 서늘한 고원(高原), 짙푸른 목장 등으로 하이킹을 하는 것도 좋다.

가정생활은 아내의 견실한 관리하에 평온하게 된다. 하는 일에 전력투구하다가 이따금 휴일을 맞으면 놀이에 열중하는 남편을 아내는 관대한 미소로 감싸준다.

단, 성생활은 극히 담백하여 불꽃 튀기는 환희는 없다.

쥐띠의 남성은 자유분방하여 마치 화살처럼 돌진해 온다. 때로는 다른 사람을 찔러 상처 입히는 일까지도 있다. 그러나 범띠의 여성은 선천적인 통찰력으로 그것을 감지하고도 이해하며 언제나 따스한 분위기로 그의 정신적 지주(支柱)가 되어 준다.

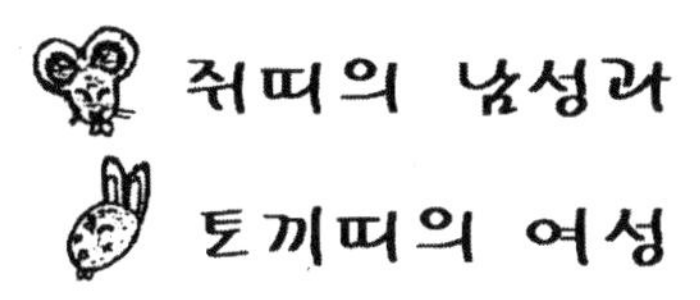

♡

아무래도 보통 수단으로는 잘 이루어지지 않는 커플이다. 정의감이 강하고 솔직한 말을 하는 쥐띠의 남성에게서, 인사성이 바르고 남 돌보기를 좋아하는 토끼띠의 여성은 수다쟁이이자 귀찮은 존재 정도 밖에 안된다는 인상을 받는다. 또 토끼띠는 쥐띠의 조심성 없고 무뚝뚝한 태도를 심히 조잡한 인간이라고 생각한다.

그런데다가 쌍방 모두 기(氣)가 강한 것처럼 보이는데 약하고 소심한 것 같지만 대범하며, 느긋한 성질인 것 같으면서도 마음이 급하다. 이처럼 언제나 상반되는 성격이 잡거(雜居)하고 있느니만큼 상호간에 그 모순점을 파악하기 쉽고 마침내는 서로 싫어하게 되기 쉽다.

결혼을 하더라도 아내는 집을 비우고 놀러 돌아다니기만 하는 남편에게 불만을 터뜨린다. 어쩌다가 맞은 휴일에도 남편은 골프장이나 경마장으로 달려가고 만다. 아내로서는 오히려 귀찮게 구는 큰아기(남편)가 집에 없어서 다행이라고 생각하는 편이 좋을 것이다.

남편은 남편대로 언제나 소녀처럼 꿈을 버리지 못하고 보채며 응석을 부리는 아내가 바보스러워서 못견딜 정도다. 아내가 남편을 속박하지 않도록 하는 것이 가정생활을 잘 이끌어나가는 비결이다.

성생활은 쥐띠와 토끼띠가 가지는 정감(情感)의 질(質)이 성격적으로 너무 다르기 때문에 그다지 잘 맞지는 않을 것이다.

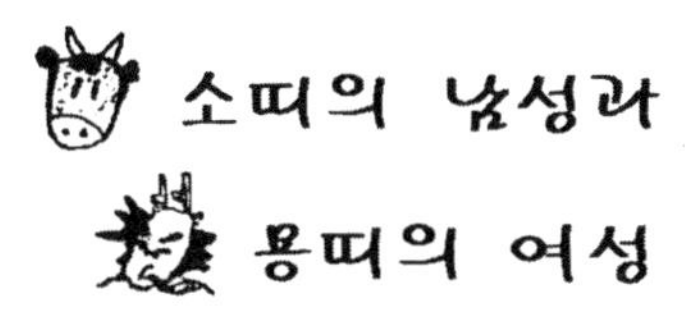

♡

이것은 남편과 아내, 아버지와 딸, 어머니와 아들 등, 어떤 남녀간에도 해당되는 전혀 맞을 수 없는 상성이다.

자기자신에게도, 남에게도 엄격하며 내성적이고 신중한 소띠의 남성에게 있어 용띠의 여성은 오로지 남만을 공격하는 경솔하고 고집이 센 상대로 밖에 보이지 아니한다. 또 용띠의 여성 쪽에서 본다면 소띠의 남성만큼 이기적이고 음험하며 더구나 완고하기까지 한 남성은 없는 것이다.

이 커플의 남녀가 결혼하여 본성을 드러내면 가정은 냉전의 장으로 변하고 암담하게 되는 듯하다. 결국에는 음성(陰性)인 소띠가 이길 운명이니, 용띠의 여성은 깨끗이 남편의 폭군성을 인정할 일이다.

이런 두 사람이므로 보통 방법으로는 성생활도 제대로 조화를 이루지 못한다. 사디스틱한 경향이 강한 남편에게, 자기가 주도권을 잡고 싶은 공격적인 아내로서는 침실에서도 반항을 하고 싶어진다. 이 경우에서도 아내는 은인자중하면서 남편의 페이스에 맞출 일이다. 그런 다음 어떤 화합의 길을 모색하는 것이 상책이며 또 그런 길은 열리게 될 것이다.

또 한 가지, 만약 부부가 공동으로 사업을 하는 경우, 이보다 더 바람직한 커플도 없다. 기획과 조직력은 소띠, 실행력은 용띠의 몫이 되며 크게 성공을 거둘 수 있다.

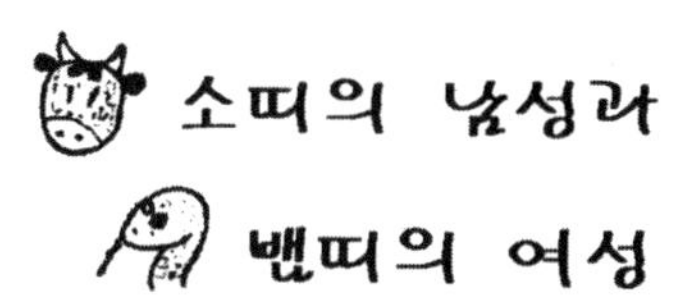

♡

이 이상의 상성은 바랄 수 없다고 할 만큼 좋다. 두 사람은 마치 남매처럼 성격이 딱 들어맞는다. 소띠의 남성은 성실 그 자체이며 지각도 하지 않고 그날의 일은 반드시 그 날에 해치우는 건실한 타입이며, 뱀띠의 여성은 평생의 반려자로서 신뢰를 보내온다. 남성도 결혼 자금을 착실하게 모으며 결혼한 후의 생활설계를 치밀하게 세우고 있는 여성에게서 신뢰감을 느끼게 된다.

정해진 일시(日時)와 장소에서 만나 몇 시간이고 대화를 나눈 다음에야 겨우 결혼에 골인하는 두 사람에게 이혼의 위기는 없다. 아내는 요리 솜씨가 좋고 남편은 일요 목공으로 집안 구석구석까지 손질하며, 그의 손길이 안 닿은 데가 없을 정도이다.

그러나 비바람이 몰아치는 일이라고는 없는 평온한 가정생활에 어느 날 갑자기 권태감을 느끼면 본디 호색가인 소띠의 남성이 우연하게 만난 옛 연인 등과 잡음을 일으킬는지도 모른다. 여성 쪽에서 바가지를 단단히 긁지 않는 이상 한때의 바람기로 끝나고 말기는 하겠지만—.

섹스도 동시에 오르가즘에 달하는 것을 최고의 기쁨으로 하는 정통적인 타입이다. 소띠의 남성에게는 조루는 없으므로 욕망이 강한 뱀띠 여성도 충분히 만족감을 느낄 수 있을 것이다.

소띠의 남성과 말띠의 여성

♡

자질구레한 난관들이 있는 커플이다. 서로 좋아하다가도 무관심 속에 지나쳐버리며 끝나기 쉽다. 말띠의 여성은 두뇌회전이 빨라서 금방 남성을 경멸하고 싶어지는 캐리어 타입이다. 소띠의 남성은 그녀의 공격을 한몸에 받는 성격으로서 자신의 생활 방법대로 완강하게 밀어붙인다. 조잘대며 잔소리를 해도 한 번 힐끗 쳐다본 다음에는 돌아서는 것이 보통이다.

만약 두 사람이 결혼을 한다면 아침, 저녁으로 해대는 아내의 잔소리에 고민을 하던 남편이 일체 입을 열지 않을 가능성도 있다. 그렇게 되면 어두운 나날이 계속되는데 쌍방이 조금이라도 타개하고자 하는 의지가 있다면 길은 트이게 될 것이다. 남편은 아내의 생활태도를 깨끗이 인정하고 아내도 남편을 교육시키려는 생각 따위는 버리는 것이 좋다.

성생활에서는 관상(觀賞)에 의해서 흥분하는 소띠의 남성은 아내의 몸을 구석구석까지 관찰하고 애무함으로써 변화를 즐기며 긴 시간을 끌어 정점에 오른다. 성적(性的)인 접속력이라든가 쾌감도를 컨트롤하는 자제력이 뛰어난 소띠의 남성에 비하여 말띠의 여성은 스태미너 부족으로 행위 그 자체보다 진한 대화라든가 가벼운 애무 등 전희(前戲)와 사랑의 무드를 즐기는 경향이 있다.

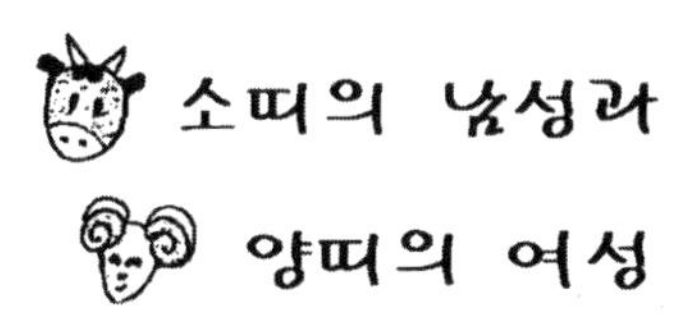

♡

동성간(同性間)에는 흉한 상성이지만 이성간(異性間)에는 길하게 된다. 왜냐하면 소띠인 남성의 신중함과 자제심이 강한 성격이, 감정적이어서 기분에 따라 변하기 쉬운 양띠의 여성에게는 자신의 더 이상 없는 파트너로 적격이라고 생각하기 때문이다.

좋아하는 남성을 위해 양띠의 여성은 밤 늦게까지 스웨터와 양말 등을 짜서 준다. 그런 여성다운 마음 씀씀이에 그는 한층 더 마음이 기울어지게 될 것이다.

소띠의 남성은 산책하던 도중 공지(空地)가 있으면 그곳에 쌓여 있는 돌 무더기 위에 앉아서 프로포즈할 수 있는 기질이다. 양띠의 여성은 그처럼 정서가 없는 남성에게 일단은 실망을 하면서도 결국에는 승낙하게 될 것이고—.

두 사람의 가정생활은 건전 바로 그것이다. 살림을 잘 하고 요리를 맛있게 하는 아내와 정서는 뒤지지만 성실한 남편은 굳이 말하자면 우리나라의 평균적인 가정이다. 때로 아내가 히스테리를 일으켜도 남편은 웃으며 듣고 흘려 버린다.

성생활은 정서를 중요시하는 아내에게 있어 이런 남편은 다소 감칠맛이 없는 것처럼 느껴진다. 때로는 정서가 있는 무드 조성을, 남편 측에서 마음을 쓸 일이다. 섹스도 실무적으로 끝나기 쉽다. 남편 쪽에서 본다면 담백한 아내가 다소 불만스럽다.

소띠의 남성과 원숭이띠의 여성

♡

데이트를 하더라도 검약가(儉約家)로서 평범하게 하며 화려한 것을 싫어하는 남성과, 레스토랑을 선택하는 데도 선물을 고르는 데도 화려한 것을 좋아하며, 나이트클럽 또는 일류 극장만을 좋아하는 여성이므로 상호간에 조금도 공감을 느끼지 못한다.

비록 회사 안에서도 이 커플의 남녀가 책상을 나란히 하고 있으면 소띠의 음증(陰症)인 완고함과 원숭이띠의 양증인 완고함이 충돌하여 그다지 밝은 분위기가 아니다.

다행스럽게도 두 사람이 데이트에서 결혼으로까지 골인하더라도 이런 차이점은 사라지지 아니한다. 야채 한 가지, 생선 한 마리를 사더라도 그 값에 대해서 잔소리를 해대는 남편으로서는 나이를 먹은 후에도 로맨틱한 분위기에서 생활하기 위해 무드 조성에 신경을 쓰는 아내가 어리석게 보이며 싫증이 날 뿐이다.

성생활에 있어서도 남편에게는, 무드파인 아내가 과장하는 것 같고 바보스럽게 보인다. 아내 쪽에서 본다면 남편의 그 감칠맛이 없는 점은 가련하게 느껴진다. 그런 상태가 계속되면 아내 쪽에서 애인을 만들게 되는 것이다.

이 두 사람이 재미있게 살아가기 위해서는 먼저 공통적인 친구를 사귀든가 공통적인 취미를 가질 일이다. 거기서 대화가 시작될 것이며 상호간에 각각 그 마음속에 있는 선의(善意)를 찾아내게 될 것이다.

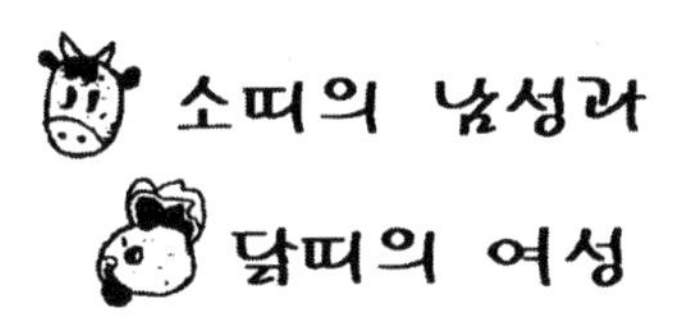

♡

오행삼합 상 양쪽 모두 금성(金性)이므로 각각 상대방 속에서 자신이 이상(理想)으로 꼽아오던 견실한 성격을 찾아내고, 그 점에 마음이 이끌리게 될 것이다. 호화로운 생활이라든가 꿈을 좇지 않으며 실질적으로 착실하게 해나가는 생활을 즐긴다.

닭띠의 여성은 신경이 아주 예민하여 선물을 할 때도 실질적으로 도움이 되고 편리한 것을 정성껏 고른다. 비록 값이 비싸고 호화로운 것이 아닐지라도 반드시 소띠 남성의 마음을 감동시킬 것이다.

소띠의 남성은 프로포즈를 하는 데도 과장되게 허풍을 떨지는 아니한다. '나는 월급이 얼마이고 저금은 얼마이며, 그 밖에는 가진 것이라고는 없는데 그래도 결혼해주지 않겠어?' 하며 설득하려고 하는 타입이다.

두 사람의 결혼생활은 수수하면서도 견실, 바로 그것이다. 믿음직한 남편은 노력에 노력을 거듭하면서 아내를 위해 봉사하고, 청초한데다가 사랑스러운 아내는 가정을 밝게 만들어나간다.

밤의 생활도 조화를 잘 이루어나간다. 처녀처럼 부끄럼을 타는 아내에게 다소 사디스틱한 남편의 성감(性感)은 고조를 이루게 된다.

소띠의 남성과 개띠의 여성

♡

마음은 서로 끌어당기지 않지만 몸이 서로 끌어당기는 숙명적인 커플이다.

성실한 반면 완고하여 인사차리기를 싫어하는 소띠의 남성에게 있어, 개띠의 여성은 너무나도 사교적이고 팔방미인인데다가 여자인 주제에 이론만 내세우므로 지겹다는 생각이 든다. 한편 인화(人和)를 소중히 생각하는 개띠의 여성 쪽에서 본다면 소띠의 남성은 편굴(偏屈)하고 고집이 센 데다가 타산적이고 음침한 사람으로 보인다. 이렇게 되면 상호간에 마음의 교류를 시도해 보려고 해도 어려울 것이다.

그래도 소띠는 자신이 얼마나 믿음직한 사나이인지를 열심히 설명할 것이다. 저금은 얼마를 했고 급료는 얼마이며 과장으로 승진은 언제쯤 할 것이고 등등, 자기 나름대로 상대방의 관심을 끌 만한 이야기를 늘어놓는다.

그러나 개띠인 여성의 마음은 냉랭할 뿐이다. 여성의 마음에 들지 않는다는 것도 알아차리지 못하고 소띠의 남성은 다시 한걸음 더 나아가며 설명을 한다. 여성이 자기에게 호감을 가지고 있다며 자기 멋대로 판단을 했기 때문이다.

그러나 개띠의 여성은 몸을 홱 돌리고 만다. 화가 난 소띠는 데이트에 든 비용을 따지면서 또 화를 낸다.

결혼생활은 정신적으로는 헤어져 있으면서도 성생활에서만은 서로 끌어당기는 면이 있다. 그래서 밤의 생활은 이상하게도 관능(官能)에 싸이게 된다.

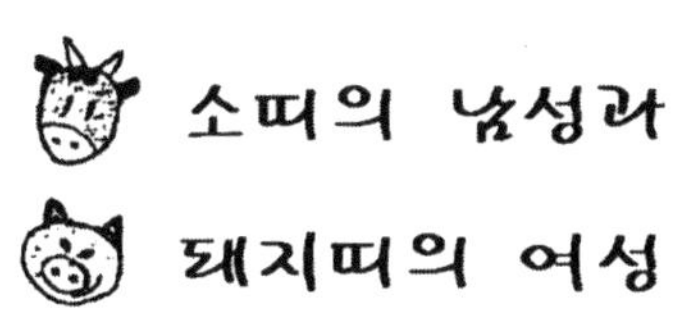

♡

인내심이 강하고 성실하며 수수한 것을 좋아하는 두 사람은 서로가 상대방 속에서 공통되는 성실성을 찾아내고 인정하며 서로를 끌어당긴다.

두 사람의 교제는 남의 눈에 띄지 않도록 은밀하게 진행될 것이다. 관계가 깊어지면 깊어질수록 더욱 이끌리게 된다. 남성은 여성에게서 여성다운 정감(情感)이 있음을 느끼고, 여성은 남성의 숨겨져 있는 야심에 신뢰성을 느끼게 된다.

데이트는 화려한 곳을 피하는 편이 현명하다. 넓다란 공원이나 안정감이 있는 정원, 경치 좋은 고대(高臺), 숲 속의 한적한 사찰 등이 두 사람에게는 어울린다.

결혼식을 올리고 스타트한 두 사람의 생활은

남의 이목이라든가 꾸밈새 따위는 신경도 쓰지 않으면서 견실하게 신중한 살림을 해나갈 것이다. 저축도 착실하게 불어난다. 촌음을 아끼면서 책상 앞에 앉아 있는 남편 곁에서 아내는 얌전히 아이를 본다.

이처럼 평화로운 가정도, 소띠의 사나이에게는 호색하는 자가 많고 돼지띠의 여자는 질투심이 이상하리만큼 강하므로 하찮은 일로 균열이 생기는 것 같다.

부부가 원만히 지내는 비결은 밤의 생활을 가급적 많이 가질 일이다. 섹스는 아주 조화를 이룬다. 정력적인 남편의 긴 시간 동안 버티는 행위는 아내를 충분히 만족시켜 줄 것이다.

소띠의 남성과 쥐띠의 여성

♡

가(可)도 아니고 불가(不可)도 아닌 상성이다.

자질(資質)이 다른 이 두 사람은 남녀간의 결합보다도 업무상의 협력자라는 형태로 생활을 각자 하면서 교제를 유지해 나가는 편이 좋을 것이다. 예를 들면 문학 등 공통 목적을 가진 동인(同人) 잡지를 만드는 것도 좋겠다. 또 학술 출판, 법률 분야 등에서도 좋은 콤비가 된다.

남녀관계로는 어디까지나 현실을 딛고 위쪽을 바라보는 소띠의 남성은, 명리(名利)보다 끝없는 모험이라든가 동경(憧憬)에서 삶의 가치를 찾으려는 쥐띠의 여성에게 호감을 가질 수가 없다. 그것은 생활신조에 차이가 너무 많기 때문이다.

비록 두 사람이 결혼을 하더라도 아내는 남편의 엄격한 성격에 숨이 막힐 것이고, 남편은 아내의 야무지지 못한 생활을 보고 불안해 할 것이다. 이것 저것 생각을 많이 하고 여러 가지 것을 배우고 싶어하며 무엇에나 흥미를 나타내는 아내에 반하여, 남편은 참을성 있게 한 가지 연구에만 몰두하여 계속 노력해 나가는 타입이다.

인내와 억제에 의해 성장하고 향상해가는 남편에 반하여 쥐띠의 아내는 속박이라든가 아내 등의 요구에는 노이로제가 되고 만다.

성생활에 있어서도 극히 평범하므로 두 사람은 이렇다 할 불만도 기쁨도 느끼지 않을 것이다.

소띠의 남성과
소띠의 여성

♡

반발과 친근감이 상반되는데 사랑을 쌓아나가기 위해서는 노력을 해야 하는 커플이다.

얼굴보다도 수입 쪽이 중요하다는 야무진 소띠의 여성과 우선 내 집을 마련하고 노후의 안정을 위해 보험을 꼭 부어나가야 한다는 남성이므로 경제적으로는 문제가 없을 것이다. 젊음과는 어울리지 않는 두 사람 모두 사찰과 고적 등을 찾아다니면서 옛날의 묘석(墓石)에 새겨져 있는 명문(銘文)을 살피는 일에서 기쁨을 찾는다. 또 고고학(考古學)·약학(藥學)·화학(化學) 등의 연구에 종사하는 학자와 그 제자처럼 사제 관계인 경우에도 잘 맞는 상성이다.

가정에서도 화려한 가구는 피하고 실용 위주의 것을 장만하는데, 남들이 보면 하찮은 것들이지만 당사자들은 그것을 보고 만족하는 듯하다.

그러나 상대방 속에서, 작아진 자신을 발견하고는 한 순간 구역질이 나올 정도로 싫어지는 수도 있다.

이 때는 머리카락이 흐트러질 만큼 성(性)을 향락하는 타입은 아니다. 섹스가 끝나면 그 행위가 수면제 정도의 구실을 함인지 어깨를 나란히 하고 금방 잠이 든다.

소띠의 남성과 범띠의 여성

♡

길흉(吉凶)이 반반인 커플이다. 서로가 마음 한 구석에 외로움을 느끼게 될 때 허기를 채우듯 어깨를 나란히 하는 경우도 있지만 그 결과는 그다지 발전적인 것은 못된다. 어눌하고 생각이 깊은 소띠의 남성은 변설가인데다가 이지적인 범띠의 여성에게 호감을 가지게 된다. 한편 범띠의 여성은 소띠의 무드없는 완고함을 경원하게 된다. 이런 점에 상당히 유의하지 않으면 파멸의 위기를 맞을 수도 있다.

하지만 소띠가 견실성과 실제적인 행동으로 범띠 여성의 꿈을 실현시켜 나가는 데 힘을 빌려줄 수 있다면 잘 행동되어갈 것이다.

결혼을 하더라도 일반적으로 남편은, 아내가 지식욕만 왕성하고 실수입이 없는 취미생활 등에 몰두하는 것을 보고는 낭비라고 생각한다. 이

것과는 반대로 아내는 들어온 선물을 돈으로 환산하면서 일희일비하는 남편을 가볍게 본다.

남편이 차가운 실리주의를 표출하지 않고, 아내가 지적인 총명함을 잃지 않는다면 잘 어울려 나가게 될 것이다.

성생활도 지극히 평범하여 이렇다 할 감격을 느끼지 못한다. 그러나 육욕(肉欲)의 세계에 탐닉하는 일이 없는 대신 쓸쓸한 허탈상태의 권태기도 없을 것이다.

소띠의 남성과 토끼띠의 여성

♡

잘 어울릴 수 있는 두 사람이라고 생각해도 좋을 것이다. 토끼띠의 여성은 특히 세상적인 지혜가 뛰어나다. 주식 시세의 변동 상황이나 삼복(三伏)이 언제 드는지까지 잘 알고 있을 정도이다. 이처럼 자상한 여성은 신중한 소띠인 남성의 마음을 사로잡기에 족하다.

남성은 예를 들자면 경마(競馬)를 하는 경우에도 경마에 대한 정보지를 3종 이상 읽고 비교 검토하는 등, 결코 무계획하게 마권을 사는 일이 없다. 토끼띠의 여성은 착실한 반면 외로움을 잘 타는데 현명한 소띠의 남성에게 한없는 신뢰감을 가지게 된다.

소띠의 남성은 사람들 위에서 활약하는 운도 가지고 있으므로 금전운도 있다. 따라서 아내는 안심하고 아이들의 교육에 전념할 수 있다.

단, 남편도 아내도 정신적인 바람기를 즐기는 편인데 언제 어떤 일이 계기가 되어 그것이 현실화될는지도 모른다. 소띠는 사디즘, 토끼띠는 마조히즘의 경향이 있기 때문에 성생활은 뜨거운데 이상(**異常**)이 아닐까 할 정도로 불안해지는 수도 있다. 그러나 그것이 두 사람에게는 자연스러운 일이므로 아무리 에스컬레이트되더라도 큰 문제는 없다.

범띠의 남성과 용띠의 여성

♡

중상(中上)인 상성이다. 용띠의 여성은 범띠의 남성을 오빠나 선생님처럼 사모하여 접근해온다. 예를 들면 '저어 경마를 하고 싶은데 그 정보지 읽는 법을 잘 몰라요' 라는 식으로 남성에게 가르쳐주기를 청하는 것이다. 범띠의 남성은 원래 친절하여 자기만 못한 사람을 가르쳐서 인도하고자 하는 이상(理想)에 불타 있으므로, 이런 부탁의 말이 계기가 되어 교제에 들어가는 일이 흔히 있다.

용띠의 여성이 좋아하는 데이트 장소는 축구·야구·복싱·경마장 등에서 스포츠를 구경하는 것이고 식사로는 불고기 등 야성미가 있는 것인데 그런 구경을 하고 그런 음식을 함께 먹는다면 친숙해지는 데 도움이 될 것이다.

여성에게 있어 불만인 것은 남성이 박애주의

로서 자기를 특별 대우해 주지 않는 일이다. 친구들에게 소개할 때도 소개가 끝나면 그녀를 방치해둔 채 그룹 속에 융합되어 가는 그를 괘씸하게 생각하는 경우도 있다. 또 오래간만에 만나더라도 친구를 데리고 나타난다든가 해서 독점욕을 만족시키기는 어려울 것이다.

섹스의 동기는 여성 쪽에서 잡는다. 남성도 여성 상위(上位)의 체위를 기쁘게 받아들이므로 두 사람은 모두 그 자세로 아주 많은 쾌감을 얻을 수 있다.

범띠의 남성과 뱀띠의 여성

♡

공감하는 면은 단 한 가지도 없어서 다소 절망적이다. 뱀띠의 여성이 범띠의 남성을 대했을 때 제일 먼저 직감하는 것은 '속지나 않을까?'라는 염려이다. 서울에는 악한만이 득시글거린다는 소문을 듣고 상경한 소녀가 도시 청년을 두려운 눈으로 바라보는 것과 같이 말이다.

그러나 범띠의 남성에게도 할 말은 있다. 예를 들면 유서 깊은 중국 음식점으로 식사를 하러 갔을 경우 상대가 라면이라든가 떡볶기 밖에 모른다면 난처하기 짝이 없다. 그러다가 고개를 갸웃거리며 한참동안 생각한 끝에 주문을 겨우 한다면 실로 따분한 일이 아니겠는가.

결혼을 하더라도 이런 경향은 상당히 다르게 마련이다. 자칫하다가는 남편 몰래 모아둔 돈을, 온갖 말로 속여 가지고 나가서 산재(散財)하는 남편에게, 아내는 '역시 속았구나' 라며 자신이 의심했던 바를 확인하는 일도 생길 것이다.

성생활에 있어서는 뱀띠인 여성은 정력이 약한 남편을 어떻게든지 리드하여 자기 뜻을 이루고야마는 집착성을 가지고 있다. 보통 방법으로는 잘 안 맞는 커플이다.

범띠의 남성과 말띠의 여성

♡

이 두 사람은 이상적 상대와 만나게 된 것을 신(神)에게 감사해야 한다. 예를 들면 한낮에 요트를 타고 바닷바람에 머리카락을 휻날리다가 밤이 되면 스포츠카를 달리어 네온사인이 휘황찬란한 거리로 돌아오는 범띠와 말띠는 스마트한 도시파 커플이다. 또 놀더라도 도를 지나쳐서 호텔의 한 방안에서 서로 껴안는 짓 따위는 하지 않으며, 절도가 있고 산뜻한 교제를 계속할 것이다.

그리고 양쪽 모두 1대 1의 은밀한 데이트라든가 농후한 시간을 가지기보다 친구들과 함께 있는 편을 좋아하며 구속받는 것이라든가 집착하는 것은 싫어한다.

섹스에 있어서는 절도가 있는데 욕구가 생기면 자유롭게 행위를 해도 좋다는 프리섹스를 인정한다. 결혼을 하더라도 그런 생각에는 변함이 없다. 두 사람의 부부생활이 단조로워지지 않게 하기 위해서는 여러 이성(異性) 친구들이 필요하다.

또 섹스를 순수한 쾌락으로 즐기기 위해서라며 당분간 아기를 낳는 일에 흥미를 가지지 않는다. 싫어지면 헤어진다는 것을 무언 중에 양해하고 있기도 하다.

세상 사람들의 눈으로 본다면 허황되고 불성실한 부부처럼 보일는지 모르지만 당사자끼리는 편안하게 살아가고 있는 것이다.

범띠의 남성과 양띠의 여성

♡

살아가는 세계가 다소 다른 두 사람이므로 서로 끌어당길 가능성은 희박할 듯하다.

무심코 던진 말이 상대방에게서 호감을 사게 되는 일이 더러 있다. 그리고 가급적 알기 쉬운 말로 이야기하도록 노력을 하는데 이런 서먹서먹함이 몇 번이고 계속되면 초조해지게 마련이다. 범띠의 남성이 양띠의 여성에게 품는 감정이 이러하다는 말이다.

두뇌 회전은 빠르지만 자기자신에게 연결시켜서 밖에 생각할 줄 모르는 여성에게 있어서는 범띠의 남성은 너무 훌륭하여 다가가기 어렵다는 생각이 드는 한편, 그 남성이 고상하게 굴면 도리어 경멸심도 느낀다.

그러나 일단 아기가 생기면 당연히 강한 힘을 발휘하는 것이 이 여성이다. 아기를 제멋대로 자라도록 기르는데 백화점에라도 데리고 가면 아기가 가지고 싶어하는 장난감을 마구 사서 주고도 태연하기만 하다. 남편은 아기의 장래를 위해 그렇게 하면 안된다고 타이르지만 아내는 버럭 화를 낼 뿐 듣지 아니한다. 가정의 평화를 유지해 나가는 길은 남편이 아이들의 교육을 떠맡고 아내는 남편에게 순종할 일이다.

침대 속에서 정서를 중요시하는 아내는 남편이 추켜세워 주는 말에 뜨거워진다. 쌍방 모두 무드 조성의 명인이므로 담백한 가운데서도 정감(情感)이 넘치는 성생활을 하게 될 것이다.

범띠의 남성과 원숭이띠의 여성

♡

인생을 충분히 엔조이할 수 있는 커플이다. 남성이 연상인 경우는 특히 좋은 상성이 된다.

범띠의 남성은 클래식한 신사이다. 계단을 내려갈 때도 여성의 손을 잡아주며 도어를 열어 여성을 먼저 들여보내는 에티켓을 아무렇지도 않게 할 수 있는, 현대에는 보기 드문 남성이다. 여왕처럼 군림하기 좋아하는 원숭이띠의 여성은 그것을 기뻐하는데, 원래 양증인 성격에다가 당당한 풍격(風格)까지 갖추게 된다.

아내는 외출하는 것이 취미로서 집을 툭하면 비운다. 사친회의 임원이 되기도 하고 각 회합의 호스테스역을 떠맡는 등, 입으로는 바빠 죽겠다면서도 그런 일들을 즐긴다. 그런데 귀가할 때면 남편에게도 아이들에게도 반드시 선물을 사다 준다.

세탁과 청소 등의 가사도 척척 해내는가 하면 요리 솜씨도 남에게 뒤지지 않는다. 특히 요리를 담는 솜씨가 뛰어나서 그녀가 만든 요리는 보기만 해도 침이 넘어갈 정도이다.

결점은 쌍방 모두 낭비벽이 있다는 점이다. 경제 관념이 없기 때문에 월말에는 두 사람이 풀이 죽어 있게 되는 것이 보통이다.

섹스는 약하면서도 좋아하는 편인데, 서로 성감대를 자극하면서 아이들처럼 좋아하며 장난치는 것을 즐긴다.

범띠의 남성과 닭띠의 여성

♡

처음에는 좋았다가 차츰 나빠지는 커플이다.

'너, 처녀였구나.' '응, 오늘만은…' '하지만 아직 네 시간이나 남았어. 오늘이 다 가려면.' '그럼 네 시간만에 나를 점령할 수 있단 말야?' 등등 여성으로서는 시원시원한 닭띠의 반응에, 위트있는 대화로 정평이 나있는 범띠도 한 순간은 당황하게 되며 그녀의 신선함에 마음이 이끌리고 만다.

그러나 그것도 얼마 동안일 뿐 본성을 알게 되면 상대방에게서 싫어하는 점을 찾아내게 된다.

결혼 이야기까지 진전이 되더라도 새 보금자리에 대한 이야기가 나오면 그는 '이상적인 주택 환경이란 어떤 것인가?' 라는 큰 문제부터 설명해 나가지 않으면 직성이 안풀린다. 이와는 반대로 그녀의 머리 속에는 현재의 저금과 장래의 수입 등의 계산으로 가득차 있으므로 어쩐지 맞지 않는 면이 있다.

두 사람만 살게 되면 도리어 틈새가 벌어질 뿐이니 남편 쪽의 가족(또는 처가 쪽의 가족)들과 동거하는 편이 잘 어울리도록 하는 비결이다. 결국 그 속에서 두 사람만의 세계를 어떻게든 만들어나갈 수밖에 없을 것인즉 두 사람은 잘 묶여진다.

섹스에 있어서는 문제가 없다. 정상위(正常位)가 아니면 안된다고 생각할 만큼 상식적인 섹스인데 침대보다는 요를 깔고 하는 편이 친근감을 더하게 되는 온돌식 커플이다.

범띠의 남성과
개띠의 여성

♡

이 커플은 가만히 있어도 서로 끌어당기며 맺어지게 된다. 최고의 연인인 동시에 평생을 두고 서로 도와가는 친구 사이이기도 하다.

가령 동화(童話) 작가라고 하면 독창성이 있는 남편이 줄거리를 생각해 내고 미적(美的) 감각이 있는 아내가 아름다운 문장을 엮어나가는 식으로, 무슨 일에서든지 콤비를 이루며 살아나갈 것이다.

두 사람에게는 밀실의 연애는 필요치 않다. 친구들과 술을 마시면서 노래도 부르는 사이에 개방적인 사랑을 가꾸어 나간다.

결혼식도 인습에 젖은 예식이 아니라 모든 친구들로부터 축복을 받으며 이색적인 결혼식을 하고 싶어하는 듯하다.

결혼을 한 다음에 새로운 장사를 할 생각이면

액세서리라든가 화장품 등, 조촐하고 아담한 가게가 적격이다. 그것도 단지 물건을 떼다가 파는 것이 아니라 두 사람의 창의를 살리어 수제품을 만들고 젊은 손님들을 상대로 장사를 하면 성공할 수 있을 것이다.

얼굴에 땀을 흘려가며 일하는 두 사람은 아니다. 따라서 아내는 특히 옛날식을 고집하는 시어머니가 있으면 옥신각신이 일어나고 그 틈바구니에서 남편은 고민해야 하는 위험이 있다.

범띠의 남성과 돼지띠의 여성

♡

바이런(범띠)은 무도회에서 제리 캐롤라인(돼지띠)를 만나고 깊이 사랑했지만 이윽고 바이런은 그녀에게 질린 나머지 떠나 버린다. 하지만 캐롤라인은 미친 사람처럼 바이런을 따라 다녔던 것 같다.

시원시원하고 다정다감한 범띠의 사나이와 집념이 강하고 다정한 돼지띠의 여성과는 깊이 들어가지 않는 편이 무난하다.

그래도 결혼할 처지가 되었다면 이번에는 남성이 갓 결혼한 아내가 있으면서도 출장을 갈 때마다 매춘부를 사서 즐기고는 동료들에게 자신의 사람 고르는 재주를 털어놓곤 한다.

더욱 심각한 일은 아무리 최악의 사태에 빠지더라도 양쪽 모두 이혼의 의사표시를 하지 않는다는 점이다. 내놓고 싸움을 하는 것도 아니고 은근히 노려보는 매일매일은 상호간에 마음을 어둡게 해줄 뿐, 남편 쪽에서는 회사에 나가더라도 기분이 언짢고, 하는 일에 능률도 오르지 아니한다.

서로 협력하여 영어 회화를 같이 배운다든가 같은 취미를 만들어 화해할 것을 꾀한다면 그런 생활에서 벗어날 수 있을 것이다.

성생활의 경우 담백한 남편은 농후한 성감(性感)을 가진 아내에게 만족을 주기 어렵다. 그런 불만이 쌓이게 되면 두 사람 사이는 점차 벌어질 수도 있으므로 기발한 테크닉을 연구하는 것이 좋겠다.

범띠의 남성과 쥐띠의 여성

♡

중길(中吉) 정도의 상성이다. 일류 회사의 엘리트 사원이면서, 어느 날 갑자기 사표를 내고 알프스산에 오르겠다고 말하는 등, 범띠의 남성은 인생에 부(富)와 지위보다 더 소중한 것이 있다고 믿어 의심치 않는다.

이와 마찬가지로 머리를 짓눌림당하는 것은 신장(身長)을 잴 때 척도계(尺度計)도 싫다고 할 정도로 자유로운 행동을 원하는 쥐띠의 여성은, 고독한 환경에 감연히 도전하는 남성을 보면 가슴이 찡하며 뜨거워진다. 한편 범띠의 남성은 웃는 얼굴이 아름답고 따뜻한 마음이 얼굴 전체에 배어 있으므로 여성의 하트를 꿰뚫게 마련이다.

두 사람은 결혼을 하여 남편과 아내가 되더라도 서로 어긋나는 일이 있기는 하지만 서로 자유로운 직업으로 엔조이하고 있기 때문에 결코 괴롭지는 않다.

이 커플은 축재를 한다는 것은 거의 불가능하니 서투른 주식 투기 등에는 손을 대지 않는 편이 무난하다.

침대에서는 누드 사진을 서로 보여주는 등 새로운 자극을 하며 상대방의 기교를 추켜세워 주는 것이 좋다. 그러면 손만 대도 정점에 올라갈 수 있을 것이다.

범띠의 남성과 소띠의 여성

♡

오행삼합 상으로 볼 때 범띠는 화성(火性)이고 소띠는 금성(金性)이다. 따라서 성(性)과 성 사이는 잘 어울리는 관계에 있다고 볼 수 있다. 그것은 마치 꽃과 흙과 같은 상성이기 때문이다.

이 커플은 가정생활에서는 별로 신통치 않은 반면 교제는 아주 넓게 하는 특징이 있다. 남편은 자신만의 세계를 가지며, 아내 쪽에서는 눈에 안띄도록 남편을 돕는 경우가 많은 것 같다.

남편이 하던 일이 잘 안되어 부탁을 하면 아내는 무엇이든 떠맡아 가지고 처리하며, 남편이 돈벌이가 안되는 발명에 몰두해 있어도, 아내가 잔소리는 하면서도 남편의 체면을 세워주기 위하여 도움을 아끼지 않는다.

만약 이 커플에 위기가 찾아온다면 아내가 스

스로 자신감을 잃을 때이다. 남편이 사회적으로도 평가를 받게 된다면 아내는 '나 같은 보잘 것 없는 것이…' 라며 몸을 낮추게 되는 경우가 있을는지 모른다.

섹스 회수는 주 1회 정도인데 남편이 아내의 발가락 사이까지도 애무하는 성실성에 아내는 여성의 행복을 맛보게 될 것이다.

범띠의 남성과 범띠의 여성

♡

호흡이 기가 막히게 잘 맞는 커플이다. '하나를 들으면 열을 안다' 는 말은 이 범띠끼리인 사람을 위하여 있는 말처럼 느낄 정도로 이들은 서로 신뢰감이 두텁다.

조용한 주택가 한 모퉁이에 있는 아담한 양과점(洋菓店), 옛날의 LP레코드로부터 무드 뮤직이 연이어 흐르고 있는데 두 사람은 차디찬 냉커피잔을 놓고 지루한 줄 모르며 달콤한 이야기를 계속한다. 장발(長髮)의 효용(効用) 이야기에서부터 시작한 것이 어느 사이에 우주 개발 이야기로 발전하는 경우도 있다.

두 사람의 공유재산이 있다면 그것은 폭넓은 지식이다. 그러므로 생활을 함께 해도 방은 아름답게 장식하는 것이다. 편안한 마음을 가질 수 있도록 힘을 쓴다. 손만 뻗으면 책이 잡히도록 책을 여기저기에 놓아 두는데 심지어는 화장실에까지도 항상 책을 비치한다. 어쨌든 두 사람은 지적(知的)인 가정에서 함께 사는 것이 최고의 휴식이다.

그러나 하늘은 인간에게 두 가지 복(福)을 주지 않는 법—. 돈은 결코 모여지지 않는다. 두 사람의 집을 문화살롱으로 생각하고 모여드는 친구들을, 살아있는 재산으로 여기면서 포기할 일이다.

섹스 그 자체보다 침대에서의 속삭임을 즐기는데, 담백한 밤 생활에 만족하면서 호기심을 가지지 말 일이다.

범띠의 남성과 토끼띠의 여성

♡

가(可)도 없고 불가(不可)도 없는 상성이다. 범띠의 남성은 교제술이 좋으므로 그 누구와도 세상 돌아가는 이야기를 나눌 수 있다. 또 토끼띠의 여성도 기탄없이 맞장구를 치면서 생글생글 웃는다. 따라서 처음에는 아주 친해질 것처럼 보이는 두 사람이다. 그러나 안녕하고 헤어진 다음에는 쌍방 모두 아무런 감정도 남지 아니한다. 범띠 남성의 이야기에는 언제나 똑같은 화제(話題) 밖에 없으므로 마음속에 남는 정서가 없다.

또 토끼띠의 여성은 회사의 이웃 자리에 있는 동료의 심술궂은 짓이라든가 고양이가 생선 토막을 먹다가 목에 가시가 걸려서 고통받더라는 것 등 시시한 이야기 밖에 화제에 올리지 아니한다. 그래서 서로 별로 쓸모가 없다고 생각하게 된다.

두 사람이 신기하게도 맺어진다면 그것은 많은 사람들이 모이는 곳, 예컨대 댄스 파티, 공통적인 결혼식장 등에서 관계가 깊어지는 경우이다. 그러나 결혼을 한 후에는 친척간에 우애도 쌓아나가고, 아이들 교육에 열을 올리는 아내, 가정을 오아시스로 생각하는 남편으로서 마이홈을 구축해 나갈 것이다.

단, 토끼띠의 아내는 남편 쪽에서 끊임없이 관심을 보여주어야 안심을 한다. 남편의 애정을 피부로 느끼지 않으면 우울해한다.

섹스는 마조히즘적인 아내와 담백한 남편이므로 조화를 이룬다는 것은 무리일 것이다.

토끼띠의 남성과 용띠의 여성

♡

어떤 계기로 두 사람이 만나느냐에 따라서 좋게도 되고 나쁘게도 되는 우연형(偶然型) 커플이라고 할 수 있겠다.

예를 들면 취재기자와 카메라맨의 콤비로서 해외취재를 나간다든가, 작사가(作詞家) 또는 작곡가(作曲家)와 가수로 만난다든가, 모회사(母會社)의 외근 사원과 자회사(子會社)의 여사무원 등의 관계로 사랑이 싹트는 등, 무엇인가의 공통 요소를 매개로 하면 용이하게 접근할 수 있는 두 사람이다.

각자 거리를 걷다가 우연히 어깨를 마주치는 인연이라면 '뭐야, 눈 감고 다니는 거야?' 하며 공격을 가하는 쪽은 자기 멋대로 굴기 좋아하는 용띠의 여성이다. 이 때 토끼띠의 남성은 당황하며 어리둥절해한다.

이런 경향은 결혼을 한 후에도 이어져서 남편은 월급봉투를 뜯지도 못한 채 아내에게 건네주고 용돈 몇 푼 타서 쓰는 것으로 참아야 한다. 그러면서도 이렇다 할 야심도 없고 얌전한 성품이므로 불만을 가지는 남성은 아니다.

도착적인 성(性)을 즐기는 커플이 이 상성에 많은 듯하다. 아내는 남편을 발가벗기고 그 몸을 묶거나 때리는데 남편은 심한 통증이 쾌감이 되면서 더 학대 받기를 원한다든가 나아가서는 아내가 피는 바람기조차도 기뻐하는 등 묘한 관계로 발전하는 수도 흔히 있는 것 같다.

토끼띠의 남성과
뱀띠의 여성

♡

만나면 금방 좋아지는 사이이다. 특히 골프, 테니스 등으로 알게 된 경우에는 취미가 같다는 점이 두 사람을 한층 더 가까워지게 만든다. 같은 색깔의 가방에 라켓을 넣고 똑같은 테니스화를 신고 언제나 행동을 같이 하는 두 사람은 친구나 동료들이 시기할 만큼 달콤한 관계를 계속 유지해 나간다.

토끼띠의 남성은 친절하여 남을 돌봐주기 좋아하고 뱀띠의 여성은 얌전하므로 두 사람은 마치 남매와 같은 분위기에 싸인다.

데이트 코스로는 우선 사람들이 많이 모이는 파티라든가 디스코장에서 마음껏 떠들어댄 다음 조용한 테라스식 다방이나 조용한 바에서 이야기를 나누다가 사랑의 교환은 도심지를 떠나 교외에 있는 호텔을 택할 것이다. 네온사인이 휘황찬란한 러브호텔은 피하는 편이 좋을 듯하다.

두 사람의 주거에는 잔디밭과 수목이 꼭 필요하다. 깊은 사색에 잠기기 쉬운 마음 약한 남편과 견실한 아내에게는 이 정도의 정서가 꼭 필요한 것이다. 걱정되는 것은 동정심이 강한 남편이 불행하게도 다음 여성에게 애정을 품기 쉽다는 점이다.

남편은 흥분하면 하루 밤에도 몇 번씩이나 요구하는데, 2주일 동안 아내의 몸에 손가락 한 번 대지 않을 때는, 아내는 심히 고민하게 될 것이다.

토끼띠의 남성과 말띠의 여성

♡

오행삼합 상 이혼율이 가장 높은 띠 사이이다. 합리주의적인 말띠의 여성은 맞벌이를 할 경우 가사 분담도 하는 것이 당연하다며 조석의 밥짓기, 청소, 세탁, 육아 등을 둘이서 평등하게 나누자고 제안한다.

반대하는 일에 흥미가 없는 토끼띠의 남성은 무엇을 요구해 와도 '응, 알았소' 라고 하며 건성으로 대답만 할 뿐 실제로 하려 들지는 않는다. 자기 방에서 스테레오 앞에 앉아 위스키잔의 얼음을 녹이고, 좋아하는 비틀즈 음악에 귀를 기울인다. 그런 남편을 노려보다가 높직한 톤으로 소리를 꽥 지르는 아내에게는 역시 진절머리를 낸다.

아내는 쇠귀에 경 읽기식인 남편을, 남편은 자기 환상영역(幻想領域)에까지 침범해 오는 아내를, 서로 피해다니다가 끝내는 심히 마음을 상하고 만다.

사랑을 했던 사이라면 두 사람이 각자 자신만의 세계를 가질 일이다. 남편과 아내의 방을 따로 정하고 침대도 물론 따로 쓰면서 자기 취향에 맞는 방을 꾸며 나가도록 하는 것이 좋다.

섹스에 있어서는 두 사람 모두 테크닉이 좋으므로 지니고 있는 것을 충분히 발휘하면서 장시간의 자극으로 환희에 이른다. 정점에 달하기까지는 피로감을 느끼는데 그래도 만족을 느끼게 된다.

토끼띠의 남성과 양띠의 여성

♡

곁에서 보아도 부러워하는 두 사람은 틀림없이 행운을 잡게 될 것이다.

만나면 남성의 어깨에 묻은 비듬을 발견하고 손수건으로 털어주는 주부형(主婦型)인 양띠의 여성은 토끼띠 남성에게 깊은 안도감을 준다. 인간의 장점만을 아름답게 지켜보는 마음의 소유자인 토끼띠의 남성은 만나는 순간부터 그녀의 행동에 열을 올리게 될 것이다.

프로포즈는 남성 쪽에서 먼저 한다. 그러나 결혼 비용, 예식장의 선택, 의상, 새보금자리의 선택 등은 모두 여성이 나서서 결정한다.

결혼을 해도 아내는 연인시절의 일을 잊지 않는데 때로는 옛날 일기장을 펴놓고 남편에게 추억담을 들려 준다. 방 안에는 새하얀 레이스의 커튼, 꽃무늬가 있는 테이블크로스 등 신혼의 무드를 계속 이어나간다.

단 남편에게는 금전적인 욕심이 없기 때문에 아내가 야무지게 살림을 해나가지 않으면 뜻밖의 불행을 자처할는지도 모른다. 결혼할 때까지 처녀성을 지킨 아내는, 순진한 감각을 버리지 않은 채 남편의 어떤 도착적인 성(性)의 요구에도 응해준다.

토끼띠의 남성과
원숭이띠의 여성

♡

다소 인연이 먼 상성이다. 원숭이띠의 여성은 직장에서도 젊은 후배들로부터 '누나'로 불리며 언제나 대화의 중심에 있지 않으면 직성이 안 풀리며 유행하는 의상이 있으면 누구보다도 먼저 입고 와서 사람들의 주목을 끌고 싶어하는 자기현시욕이 강하다. 이에 비하여 바다처럼 깊고 넓은 마음의 소유자인 토끼띠의 남성은 한때의 유행 따위에는 꿈쩍도 하지 않는다.

토끼띠와 원숭이띠는 결혼하기보다 친구관계로 있으면서 이따금 만나 자기가 모르는 세계를 서로 알아내는 편이 행복할 것이다. 비록 결혼을 하더라도 서로 '○○씨' 라고 호칭하는 '룸메이트 부부' 에 철저함으로써 신선한 맛을 잃지 아니하는 관계를 맺어나갈는지도 모른다.

성생활에 있어서는 여성이 남성을 압도한다.

스스로 몸을 열어 남성을 맞아들이고 오르가즘에 달하면 이웃집까지 들릴 만큼 큰소리로 절규하는 일이 있다. 조용한 고조(高潮)에 흥분하는 남성은 그것을 기뻐하지 않는다.

토끼띠의 남성과 닭띠의 여성

♡

물과 기름처럼 상용(相容)되지 않는 사이로서 이혼률도 높은 것 같다.

친구가 곤경에 처해 있으면 남에게서 돈을 빌어다가 도와주는 의협심이 있고, 보증을 서달라는 부탁을 받으면 두말 않고 도장을 찍어 주는 무골호인인 토끼띠의 남성은 자기 몸을 던져서라도 남을 돕는 것을 가장 큰 기쁨으로 생각한다. '저축한 것도 없는 주제에…' 라며 비웃는 닭띠의 여성은 그의 월급이 비록 1천 원이라도 오르는 것을 기뻐한다.

닭띠의 여성은 물질적인 보장이 없는 한 아무것도 할 수 없다고 믿는다. 그러나 토끼띠 남성은 꿈이 인생이자 생활이라고 생각한다. 지체부자유아를 위해 큰 보호소를 건설해야겠다는 꿈을 꾸는 남편 옆에서 내일 저녁 식사 반찬은 튀

김으로 할까 하다가도 나물로 격하시키는 아내가, 같이 생활할 수 있을 까닭이 없다.

물론 쪽박을 찰 각오가 되어 있다면 이야기는 달라진다. 남편의 꿈이라든가 심정에 동조하고 적극적으로 후원하겠다는 결심만이 두 사람의 사랑을 키워 나간다.

그렇게 된다 하더라도 밤의 생활에서는 불일치를 피해갈 수 없다. 아내는 손가락이 닿아도 불결함을 느끼는데 남편은 어느 부위이든 불결하다는 생각이 들지 않는다.

토끼띠의 남성과 개띠의 여성

♡

얼굴을 마주하면 공연히 신경질이 나서 오래 지속해 나가기는 어려운 사이일 것 같다.

분명 연인으로서의 토끼띠 남성은 여성이 기뻐하는 것을 잘 파악하여 그녀가 좋아하는 색깔의 넥타이를 데이트할 때마다 매고 나가고, 레스토랑에 들어가면 얼른 그녀의 뒤로 돌아가서 코트를 벗겨준다. 그러나 막상 결혼 이야기가 나오면 예식 비용 따위는 준비된 것도 없고, 약혼반지도 말로만 떠들어댈 뿐 아무리 기다려도 갖다주지 않는 엉터리이다.

결국 여성은 남성의 성의 없는 태도에 플레이보이라고 생각하고 떠나버릴 것이다. 개띠의 여성에게는 남의 일에는 흥미조차 느끼지 않는 차가운 면이 있으므로 스스로 강력하게 결혼으로 치닫는 노력 따위는 하지 아니한다. 두 사람이 맺어지기 위해서는 사무적으로 일을 처리하는 성격을 가진 강력한 추진력의 친구가 가운데 들어설 필요가 있다. 그러나 일단 결혼을 한 다음에는 이상하다 할 정도로 잘 살아간다.

한편 성생활에 있어서는 결합 그 자체보다 오감(五感)이라든가 무드에 의해 정욕을 고양시키는 남편은 도리어 침대에서는 자기 멋대로 구는데, 그것이 아내의 마조히즘적인 성감(性感)을 자극하여 깊은 도취를 가져다준다.

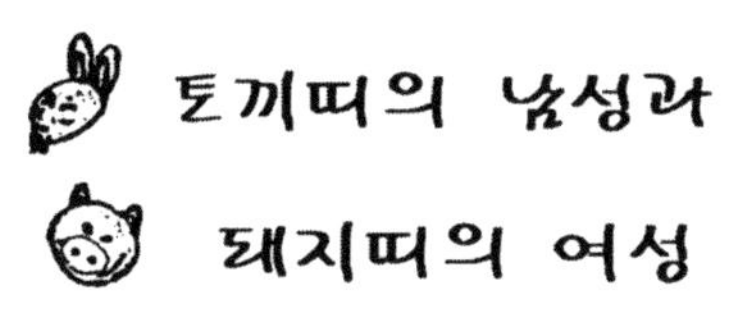

♡

대단히 좋은 상성이다. 두 사람의 결합은 섹스에서 시작되는 것 같다. 토끼띠 남성의 가늘고 하얀 손가락이 돼지띠 여성의 몸을 구석구석까지 부드럽게 더듬어주면서 그 성감대(性感帶) 하나하나마다 촉촉한 입술로 마치 흡반(吸盤)처럼 핥아주고 빨아준다. 돼지띠의 여성은 그때마다 몸을 움추리면서 목구멍 속 깊숙한 곳에서부터 튀어나오는 신음을 억제할 수가 없다.

두 사람은 말로 아니라 몸으로 확인하되 서로 떨어질 수 없는 존재임을 알게 된다.

두 사람의 사랑에는 보통 베드룸은 어울리지도 않고 좋아하지도 않는다. 서재라든가 작업장에서 시선이 마주치면 그 다음 단계로는 서로 충동적인 사랑이 가만있게 놓아두지를 않는다. 해변에 있는 호텔로 자동차를 몰고 가서 조용하고 어두운 방에 들어간 다음 힘차게 포옹하는 것을 제일 좋아하는 듯하다.

한편 돼지띠의 여성에게는 남의 행복을 질투하는 경향이 있어서, 친구의 애인을 유혹하고 싶어지기도 하고 행복한 듯한 이웃 부부 사이를 갈라놓고 싶어지는 욕망이 고개를 든다. 그러면서 그녀는 자기보다 우수한 남성에게만 끌리게 되고—.

만약 남편이 사업에 실패한다거나 좌천되기라도 하면 금방 사랑은 식어지고 다른 남성을 찾아 방황하게 될 것이다. 토끼띠와 돼지띠 만큼 남성측의 책임이 중대한 커플도 없을 것이다.

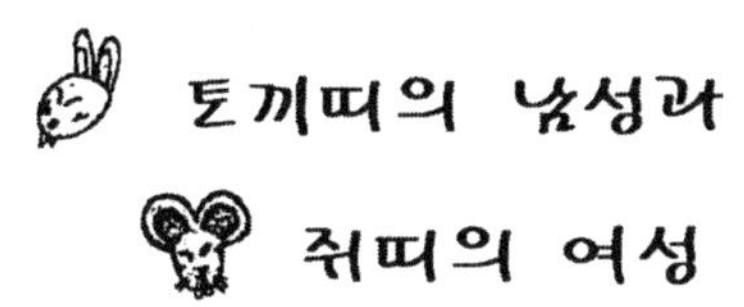

토끼띠의 남성과 쥐띠의 여성

♡

양쪽 모두 감각이 예민하고 밝은 성격인가 하면, 금방 의기소침해지는 등 마음의 진폭이 큰 만큼 잘 이루어지지 않을 것 같다.

결혼을 하더라도 바깥 사람을 대하는 태도는 좋지만 집안 사람을 대하는 태도는 좋지가 않은 남편이므로 가정생활의 즐거움은 없다. 처세만은 곧잘하는 상식적인 남편이, 아내로서는 불만스럽기 짝이 없다.

한편 자기가 하고 싶은 것은 반드시 실행해야만 직성이 풀리는 아내는 세상을 살아가는 관습과 지혜에 무관심하여 흐리멍텅한 면이 있으며, 남편으로 하여금 언제나 봉변을 당하게 한다.

콧대가 높고 목적의식이 분명한 쥐띠의 여성을 제어하는 데는 토끼띠의 남성으로서는 역부족이다. 상황에 따라 태도가 바뀌는 남성에게 여성은, 안달복달하지 말고 천의무봉(天衣無縫)의 너글너글함을 보여주면서 마음의 여유를 가질 필요가 있다.

커튼까지 열어젖히고 대낮의 정사(情事)를 즐기는 아내와, 밤이 되어야만 뜨거워지는 남편이 행복한 성생활을 계속한다는 것은 어렵겠지만 휴일에만은 아내가 좋아하는 장소와 체위(體位)로 사랑해주는 것도 한 가지 해결방법이다.

토끼띠의 남성과 소띠의 여성

♡

상당히 좋은 커플이라고 할 수 있다. 토끼띠의 남성은 현재의 생활상태 등에는 상관치 않고 해외를 방황하며 돌아다니려는 꿈 등을 진지하게 이야기한다. 언제나 꿈이 없는 지기자신에게 불만이었던 소띠의 여성은 그의 아이처럼 무구한 성격에 반해 버리고마는 것이다. '신혼여행은 하와이로 갈까? ' 라고 말하면 현실적인 그녀는 면밀한 계획을 세워놓고 돈을 모으기 위한 플랜을 곧 실행에 옮긴다.

특히 스승과 제자 관계처럼 밀접한 협력자끼리인 경우에는 호운(好運)이 따를 것이다.

반면 소띠의 여성에게는 고집으로 일관하는 면이 있다. 아내가 남편을 이끌고 가는 부창부수형(婦唱夫隨型)이 될 위험성이 있는 것이다.

남편의 꿈을 직접 수입(收入)에 연결시켜서 생

각하는 좋지 못한 버릇도 이 띠의 여성에게 공통적이다.

성생활은 그런대로 순조로운 편이다. 그러나 침대 속에서 달콤하고 부드러운 말을 귓가에 속삭이면서 뜨거워지는 차분한 분위기가 없는 것이 남편에게는 불만스럽다.

토끼띠의 남성과 범띠의 여성

♡

다소 어려운 커플이 되기 쉽다. 불량배를 주제로 다룬 영화를 보고 처세의 의리에 대하여 깊이 감동하는 남성을, 범띠의 여성은 이해할 수가 없다. 항상 사리에 맞도록 매사를 생각하고 SF소설에서 상상력을 길러나가는 그녀하고는 연(緣)이 없는 것이기 때문이다.

그러나 만약 두 사람의 직업이 전문직으로서 공통되어 있다면 그 기능을 경합시켜 가면서 일단은 생활해 나갈 수 있는 가능성은 있다. 양쪽이 보스가 되기 위해 다투는 일은 없으므로 좋은 동료의식이 자라난다.

데이트 장소는 수족관이 최적이며 포도밭을 택하는 수도 있다. 원래 서로 끌어당기지 않는 상대인데 작은 노력을 하는 가운데 서로가 서로의 성의를 발견할 수 있으면 다행스럽다.

가정 안에 들어가게 된다면 큰 풍파는 일지 않을 것이다. 그러나 정(情)에 이끌리기 쉬운 토끼띠의 남편은 무턱대고 남을 도우려고 하기 쉬우니, 판단력이 있는 아내가 고삐를 꽉 잡을 필요가 있다.

성생활은 그다지 조화를 이루지는 못한다. 육욕에도 정욕에도 탐욕을 모르는 아내는 남편의 환각 비슷한 정욕에는 여간해서 따라갈 수가 없다.

토끼띠의 남성과 토끼띠의 여성

♡

조화가 썩 잘되는 커플이다. 상대방에 대한 생각이 깊고 양쪽 모두 꿈 속으로 푹 빠져들 수 있는 진기한 커플이라고 할 수 있다.

특히 두 사람 중 어느 한 쪽이 상대방보다 강한 성격이면 더욱 좋다. 태어나서 자라난 환경이라든가 처지가 아주 비슷한 사이이다. 음악·미술·무용·종교, 각종 콘설턴트, 해양(海洋) 관계 등, 같은 직종에 근무하는 경우도 최고의 커플이 된다.

데이트 장소는 분수대 옆의 다방, 연못이 있는 정원, 바닷가, 계곡 등등, 물과 관계가 깊은 장소든가 아담한 음식점, 다방, 지하 바 등 조촐한 곳이 좋을 것이다.

토끼띠의 습성으로 인하여 인가나 동네를 떠난 후미진 곳은 싫어하므로 대도시의 북적대는 사람들 틈에서 손을 마주잡고 걸음으로써 기쁨을 찾아낼는지도 모른다.

토끼띠의 아내는 남편이나 아이들을 제일로 생각하고 자기가 입는 옷이라든가 화장품은 다소 질이 떨어지더라도, 사랑하는 남편과 자녀에게는 일류품을 사서 주지 않으면 직성이 안 풀린다. 그러나 배려가 원려(遠慮)에 연결되고 마음이 흔들리면서 삶에 대한 불만감이 싹트는 수도 있다.

성생활도 살짝 몸에 손을 가져다 대기만 해도 행복스런 정감에 빠져드는 두 사람인 것 같다.

띠별로 보는 남녀 궁합

초판 인쇄 2018년 7월 13일
초판 발행 2018년 7월 20일

지은이 | 정현우
발행자 | 김동구
발행처 | 명문당(1923. 10. 1 창립)
주 소 | 서울시 종로구 윤보선길 61(안국동)
우체국 010579-01-000682
전 화 | 02)733-3039, 734-4798(영), 733-4748(편)
팩 스 | 02)734-9209
Homepage | www.myungmundang.net
E-mail | mmdbook1@hanmail.net
등 록 | 1977. 11. 19. 제1~148호

ISBN 979-11-88020-57-7 (03810)
10,000원